小学館文庫

冥府の王と屍人姫

片瀬由良

小学館

目次

序章

男は追われていた。得体の知れないものが追ってくるのだ。

きっかけは些細《ささい》な出来事だ。いつものように都の雑踏を練り歩き、通行人から金目の物をかすめ取る。今日だってそうした。この都に初めて来た様子の娘に目星をつけ、翡翠《ひすい》の耳飾りをすり取る。この先一ヶ月は遊んで暮らせるほどの上物だ。

ほくそ笑んだ矢先に背後で悲鳴が上がる。耳飾りを盗まれたことに気付いたのだ。

しかし遅い。男はすでに人混みの中である。見つかるはずもない。

さて、どこの質屋に持ち込もうかと考えたときだった。背後からどどどどと不穏な音が聞こえてきたのだ。慌てて振り向くと、砂煙を上げて突進してくる人影がある。子供だろうか。小さな人影が真《ま》っ直《す》ぐにこちらを目指し、指を突きつけてきた。

「そこの悪党、止まれ！　おまえが盗んだことは全てお見通しだ！」

「誰が止まるか。子供……それも小娘じゃないか。捕まるかよ！」

余裕で逃げ切れる。せせら笑って通行人をなぎ倒し、細い路地を曲がる。これで振り切れるはずだった。しかし——。

「止まれと言っている！」

「追ってきた!?」

猪《いのしし》の如く爆走し、迷わずに追ってくるのだ。

「くそ……！　なら！」

男には土地勘があった。迷路のような裏道を駆け、民家の庭木に隠れる。しかし少女は木を素手で叩《たた》き折り、男を指さす。

「そこ！」

「なに!?」

ならば今度は、大の大人の三人分はある塀——の下をくぐり身を潜める。すると少女は猫のように軽々と塀を跳び越えてきた。

「こそこそするな！」

であれば空き家の中。これは石壁を木っ端微塵《みじん》に吹き飛ばされた。

「観念しろ！」

「そんな馬鹿な！」

わざと人の多い通りを選び、すれ違う荷馬車の荷物をぶちまけて進路を妨害する。だが少女は意に介さず、通り沿いの店の壁を走り出した。とても人間業ではない。

「いい加減にしろ！　この小悪党が！」

「化け物か!?　くそ！　その馬を寄越せ！」

にじみ出る冷や汗を拭う間もなく、男は行商の馬の手綱を強引に掴《つか》む。叫んで強奪し、がむしゃらに馬の腹を蹴った。

「絶対に逃げ切ってやる！　こちとらスリをやって三十年の古参だっての！」

小娘ごときに捕まったとなれば、いい笑いものだ。いくらなんでも馬の足には敵《かな》うまい。だがその思惑は外れた。少女が砂煙を上げて爆走し、馬と併走し出したのだ。

「こそ泥め、逃げ切れると思うな！」

「うおおおお！」

男は猛烈に取り乱した。影のようにぴたりと付いてくる姿は、まるで悪夢。すると不意に少女は地を蹴り、高く舞い上がった。かと思えば、両足で男の背中を蹴り飛ばす。堪《たま》らず男の身体は吹っ飛んで、積まれていた木箱に突き刺さった。

それでも這々《ほうほう》の体《てい》で起き上がり、散乱した木箱に隠れてそろそろと逃げようとすると、目の前の地面に大剣が突き刺さる。

「おい、どこへ行く」

冷ややかな声と同時に、刀身がきらりと光る。

「…………！」

青ざめて振り仰ぐ。やはり少女だ。

年は十三ほどだろうか。黒曜石にも似た艶やかな髪と、月の光のように白い肌をした佳人だった。子供とも呼べる華奢《きやしや》な体つきだったが、自分の物だと言いたげな大剣は身長よりも長い。清廉な青い襦裙《じゆくん》を翻して、少女は慣れた手つきで剣を引き抜く。

「か弱い女子供を狙って金品を奪うとは……たとえ天が許しても、このわたしが許さん！　あの娘から奪った物を返すんだ。衛士《えじ》に突き出してやる！」

「あんたは……なんだ？　人間か？」

顔色をなくして呟《つぶや》くと、少女は眉をきりりと上げて口を開く。

「わたしは宵華《しようか》。人は屍人姫《しびとひめ》と渾名《あだな》する」

そういえば最近、噂《うわさ》で耳にした。冥府の都であるこの酆都《ほうと》に流星の如く現れた、愛と正義の英雄である、と。鬼神の如き強さを持つその姫に、ゆめゆめ近づくことなかれ、同業者は青い顔で口をそろえていたものだ。

男はようやく観念し、懐に仕舞った耳飾りを差し出したのである。

＊　＊　＊

さて、遡ること四十日余り——。

穹《きゅう》という国がある。勇猛な武人を多く輩出する大陸きっての強国だ。季節は春を迎え、人々は花開く草花の喜びに沸く——はずだった。

首都丁廉《ちょうれん》の宮城、その大広間では婚礼の儀が執り行われようとしていた。皇女であり花嫁たる宵華は椅子に腰掛け、隣に目をやる。本来、花婿の座るべき椅子があるが、これは空だ。深紅の婚礼衣装の上に重ねた披帛《ひはく》が、腕にまとわりつく。腕を振って払うと、胸が苦しくなり咳《せ》き込んだ。この身体はいかんせん、弱くて困る。

「お姉様！　大丈夫でございますか!?」

慌てて駆け寄ってきたのは、妹姫である翠月《すいげつ》だった。胸を押さえる宵華に薬湯の杯を差し出す。受け取る宵華の手は雪よりも白い。血色がなく青白いと言った方が正しいか。

「何故《なぜ》……何故お姉様が、冥府の王へ嫁がなければならないのですか」

目を潤ませる翠月の髪をそっと撫《な》でて、宵華は小さく笑う。翠月はまだ八歳だ。

「いいか、翠月。穹は今、危機なのだ。国中に病が流行《はや》っているのを知っているだろう？　日を追うごとに死者が増えている。医師も薬師《くすし》も為《な》す術《すべ》がないのだ。これ以上、冥府へ民を連れて行かないよう、わたしが直にお願いしに行くのだよ」

「でも何故お姉様が……お姉様が冥府へ行くくらいなら、わたくしが代わりに……！」

「それは駄目だ。これは、屍人姫たるわたしの役目なのだ」

「そのように、ご自分を貶《おとし》めないでくださいませ」

可愛《かわい》い妹は、今にも泣き出してしまいそうに顔を歪《ゆが》めた。

屍人とは、その名の通り生きる屍。物語に描かれる伝説の化け物だ。

宵華は生まれながらに身体が弱かった。起きて歩けば熱を出し、寝台で寝ているだけでも咳《せき》が止まらない。食事をするのも一苦労だ。医師はとっくに匙《さじ》を投げて、長くは生きられないだろうと告げていた。それでも薬師だけは、せめて苦しみを和らげようと苦心し、様々な薬を施してくれる。それでようやく、細々と生きながらえていたのだ。屍人のように、死ねもせず、生きているとも言えない。そんな自身を指して、宵華は「まるで屍人の姫だな」と笑うしかなかった。

当然、現世での結婚も期待できない。花嫁としての役目——子を生《な》すことは無理だろうと、これも医師に言われた。皇女の嫁入りは恰好《かっこう》の政治の道具だ。国と国の結びつきを強くする為《ため》、他国へ嫁ぐことは皇女として重要な役割でもある。しかし、それもできない。宵華は生きているだけで看病に人員を費やし、高い治療費が必要になる。窮にとって、財政を圧迫するただのお荷物でしかないのだ。それをわかっているからこそ、屍人のように生きているのが辛《つら》かった。だがここにきて、ようやく役に立てるのだ。冥府の王へ嫁ぐという、大役を与えられた。体《てい》のいい生け贄《にえ》だったとしても、国に貢献できるのだ。そう悲観したものでもない。

「人は死ぬと、冥府の都である酆都へ辿《たど》り着くと言う。そこへ着いたら、存分に観光をして、その様子を翠月に手紙で送ろう。約束だ」

宵華は翠月の小さな手を握った。はっきりと震えて、冷たい手だった。どうやって慰めようかと思案していると、室《へや》へ入ってきた人影が呼びかけてくる。

「宵華。支度は全て調ったのですか？」

姉であり、穹の皇帝でもある芳陽《ほうよう》だ。宵華の婚礼に参列するのは、姉と妹のたった二人。父も母もすでに亡く、女官や官吏もいらないと宵華が言ったからだ。

「支度と言っても……」

宵華は室を見回す。所狭しと並べられた婚礼道具の数々を見て、息を吐《つ》いた。

「わたしの為に、家具も衣も簪《かんざし》も用意してくれたのはありがたいが……冥府へ持って行けるのか？」

「あなたの大好きな焔崇《えんすう》も、冥府へ旅立つ際には武器も防具も用意したと聞きますよ」

「焔崇が？」と思わず立ち上がり、椅子が音を立てて倒れる。慌てて駆け寄った翠月は、椅子を立てながら首を傾《かし》げた。

「焔崇とは、おとぎ話に出てくる穹の英雄ですか？　お姉様がいつも話してくださる」

「翠月。焔崇はおとぎ話ではないぞ。かつての穹の皇帝に仕え尽くし、天に名を響かせた大将軍。本当に穹を救った英雄なのだ。この『焔崇伝記』に記された偉業の数々は史実なのだよ」

言って宵華は、懐からすり切れた古い書物を取り出す。

「焔崇という英雄は、わたしにとって特別だ。いつ消えるかもしれない命の灯火《ともしび》を、ずっと支えてくれた。この病弱な身体は迷惑なことに、いつの日もわたしに死の影をちらつかせてくる。その度にこの本を読み、英雄の苦難を想像するのだ」

数百年前に実在したと言われる英雄。その背中を宵華はずっと追い続けた。胸が痛んで息が詰まり、日の出を迎える前に息絶えると医師に告げられた夜も、夏の日差しに焼かれて意識を失いかけた朝も。焔崇の伝説の数々を心に思い浮かべるのだ。

「どんな苦境にあろうとも、焔崇は決して諦めなかった。わたしがいつでも生を諦めなかったのは、焔崇のお陰なのだよ。大剣を振るって敵国の兵士をなぎ倒しながら戦場を駆け抜け、ときには敵国と和平を結び、ときには妖魔さえも制して穹を守った。その心はいつも愛と正義に溢《あふ》れていて、他人を決して疑わない。そんな英雄にわたしもなりたいと……ずっと思っていたのだ」

宵華は翠月の頰《ほお》を撫でて笑う。

「ようやく夢が叶《かな》うのだ。そんなに悲しい顔をしてくれるな、翠月」

「でもお姉様……」

「数百年前の穹でも、流行病《はやりやまい》が民を苦しめた。多くの民が酆都へ招かれてしまったのだ。それを憂いた焔崇は、自ら冥府へ赴いて王へ嘆願したという。すると、流行病はすっかり消え去った。焔崇は穹を救ったのだ。かつての英雄と同じことを、わたしはするだけだ。誇らしいことだと思わないか？」

宵華の心は決まっているのだ。迷いはない。それを悟って、翠月は口をつぐむ。別離は避けられないのだ。姉妹の様子を見て、芳陽は目元を緩ませた。

「あなたは本当に焔崇が好きなのですね。その言葉遣いも立ち振る舞いも、英雄を真似《まね》しているのでしょう？」

「うむ。身体は弱くとも、英雄らしく振る舞えば心は強くあれるということだ。だからわたしは、この年まで生き続けることができたのだと思う」

「あなたには重い役目だと承知しています。しかし皇帝として案じているのは……」

「みなまで言うな、心配は無用だ」

「……わたしの心配は少し別のところにあるのですよ、宵華」

芳陽はいつでも冷静だ。穹の危機に、妹を冥府へ嫁がせると決めたのも芳陽だった。

「酆都で王にお仕えするときが来たならば、その役目をしっかり果たすのですよ。花嫁として王を立て、力を尽くし、お支えするのです。花嫁として」

「花嫁として……」

「身体が弱いのは仕方ありませんが……どうもあなたは昔から、刺繍《ししゅう》や詩歌管弦に興味を向けず、剣術や体術の鍛錬の本を読んでばかり」

「……身体が弱いからな……少しでも体力を付けようと思って勉強を……」

「健康な身体があったならば、あなたは剣を置いて針を持ちますか？」

「……針」と口の中で唱え、自分の手を見つめる。針と剣がこの場にあったなら、迷わず剣を選ぶだろう。それが英雄だから。少なくとも英雄は刺繍などしない。

もごもごと言葉を詰まらせる宵華を見て、芳陽は大きなため息をつく。

「無事に鄷都に着いたならば、穹の皇女として恥じない振る舞いをするのですよ」

「それなら了解した。穹は武の国だ。武人の国の皇女としての矜持《きょうじ》を持ち、弱きを助けて悪を倒す。そんな気高い振る舞いをすると約束しよう」

芳陽は再びため息をつく。諦めたのかもしれない。しかし宵華は視線を上げて、聡《そう》明《めい》な姉をまじまじと見つめた。

「……姉上は、冥府の存在を信じるのだな」

「信じていますよ。大切な妹を嫁がせるのですからね。有りもしない国に行かせるわけがありません」

なら、と宵華は手元の古書を掲げる。

「わたしは冥府にこれを持って行く。さすが酆都でもわたしを助けてくれるだろう。さすがに卓や椅子は持って行けないからな。

「この真珠の耳飾りを着けて行きなさい。瑠璃の首飾りも翡翠の佩玉《はいぎょく》も。いついかなるときも、お金は裏切りませんよ」

「お姉様、衣もお持ちくださいませ！　絹の披帛をもっとおかけになって！」

耳にも首にも腰にもと、姉と妹はありとあらゆる品物を取り付けようと画策する。

さすがに重くなって、椅子に腰を下ろしてじゃらじゃらとした自分の姿を眺めた。

「冥府の王が見たら、『なにを成金な』と軽蔑するのではないか？」

「支度金ですとおっしゃい。花嫁を飾る道具なのですから、多すぎて困ることはないのですよ」

そうなのかと呟き、なにをおいても英雄の伝記だけはと、大事に懐に仕舞う。翠月は宵華の裙の皺《しわ》を丁寧に払い、見上げてきた。

「冥府の王は、どんな方なのでしょう？　素敵な殿方だとよいのですが」

「伝記によるとな、大層な美丈夫らしいぞ。焔崇がお会いになったらしい。女神の誰もが見惚《みと》れる容貌の、銀の髪に褐色の肌の逞《たくま》しい方だそうだ。天帝も認めるほどの剣の腕で、焔崇も敵わず。しかしそれを驕《おご》らず、冥府の官吏に人望も有り、賢人にも劣らぬ知識を持つ。完全無欠の神だという」

それを聞いて、ようやく翠月は納得の表情を浮かべた。

「自慢のお姉様のお相手として、相応《ふさわ》しい殿方ではないですか」

「そうだろう？　だから安心しろ、翠月。冥府へ嫁いだ後、わたしは王の隣で剣を振るうと誓うぞ」

「……剣は振るわなくて結構ですよ、宵華」

一抹の不安を残しつつ、芳陽はそっと宵華を抱きしめる。翠月は涙に濡《ぬ》れる瞳を隠すように、揖礼《ゆうれい》をした。

「行っていらっしゃい、宵華」

「お姉様……どうかお元気で……」

悲しい顔を見せまいと、宵華は気丈に笑顔を見せる。

「それでは翠月、姉上。二人ともどうかつつがなく」

そう言って、宵華は眠るように息を引き取ったのだった。

第一話　冥府出嫁

　ここは冥府の都、その名を酆都《ほうと》と言う。そこで働く役人のことを冥官《めいかん》と呼ぶのだが、その長たる崔郭《さいかく》は、膝から崩れ落ちていた。年は三十代の半ば頃だろうか。日頃の苦労からか、白髪も見え隠れしている。

　冥府では主たる王を『酆都《ほうと》真君《しんくん》』と呼ぶ。その最たる役目は、冥府に辿り着いた亡者を裁くこと。生前の善悪を明らかにして、罪人ならば地獄へ送り罪に応じた責め苦を与え、善行を積んだ者なら来世の生を約束する。とはいえ、大陸中の亡者一人一人の言葉を聞き、その裁判を行うにはとても真君一人では手に余る。そこで冥官の出番だ。各部署の担当の冥官たちと、それをまとめる冥官長たる崔郭は、毎日冥府を走り回り亡者の記録を集めるのだ。そして出来上がった資料を鑑みて、真君は御璽《ぎょじ》を以《もっ》て裁決をする。徒人《ただびと》ならばそれで済むのだが、問題は想定の範囲を逸脱する悪人、もしくは善人だった場合だ。これればかりは真君にお出まし願い、直接亡者とのやりとりが必要になってくる。そうして粛々と冥府は機能する。それが理想的な死後の世界の姿

――のはずなのだが。

溜《た》まりに溜まった重要書類の山を抱え、今日こそは御璽をいただこうと宮城の執務室に勇んで入った崔郭だったが、そこには誰の姿もなかった。いや、落ち着け。こんなことは日常茶飯事。真君が執務室にいること自体が珍しいのだ。今日もどこかで油を売っているに違いない。痛む胃を押さえて、とりあえず書類の山を机に置く。さて、どこから捜してくれよう。そこでようやく、ぽつんと置かれた手紙を見つけた。目を通した直後、崔郭はその場に膝を突いて叫んでいた。

「なんじゃこりゃぁ！」

何事かと室《へや》を覗《のぞ》く冥官たちをかき分けて、一人の青年が執務室へ足を踏み入れる。

「どうしました、崔郭殿。冥官長たるあなたがそんな声を上げては、他の官吏が驚きますよ」

涼しげな声に顔を上げると、崔郭は持っていた手紙を青年の眼前に突き出した。

「青頼《せいらい》殿！　これをご覧ください！」

「手紙、ですか？」

青頼と呼ばれた青年は、ふむと唸《うな》って手紙を読み上げる。

「『生きることに疲れました。どうか捜さないでください。酆都真君』」

「もしや……もしや自害など……！」

「そんな胆力は、真君にありませんよ」

「しかし……！」

「一時的なものでしょう。そのうち帰ってきます」

軽い調子で笑う青頼に、崔郭の胃はますます痛くなるばかりだった。

黒い官服の青頼は、真君を補佐する秘書官だ。官吏としての実権はないものの、真君の公私を一番近くで世話をしている。見目は二十代の半ば頃だが、崔郭よりもその任期は長く、冥官からの信頼は厚い。しかしどうも楽観的でいつでも事態を軽く見ている節がある。不穏な手紙を前に、青銅色の髪を揺らして笑っているくらいだ。

「青頼殿、笑い事ではありませんぞ。もし……もし真君の身になにかあれば！　冥府はたちどころに機能しなくなります！　亡者は溢れかえり、神々の住まう玉京《ぎょくけい》や人間界にも影響を及ぼすかと！」

「真君の仕事嫌いは筋金入りですが、そこまで無責任ではありません。まぁ……職務を放り出して酆都を逃げ回るのには、私も困っているのですが……これればかりはねぇ」

「そこまで職務がお嫌だとは……。しかしお気持ちは解《わか》らないでもないのです。来る日も来る日も人間の罪ばかりを突きつけられ、お心を病んでしまわれるのも仕方ないのかもしれません」

「いや、単純に面倒臭いんだと思いますよ」

青頼はさらりと言ってのけるも、崔郭はなんとか立ち上がる。

「しかしこの崔郭、心を鬼にしても書類に判をいただかねばならぬのです！　度重なる職務放棄の結果、裁判を待つ亡者は日に日に増しており、冥府は破裂寸前。早く判を……判を！」

崔郭はぶるぶると拳を震わせる。見ていた青頼は、楽観的に笑うばかりだ。

「お腹《なか》が空《す》いたら帰ってきますって」

「そんな、猫でもあるまいし。青頼殿は真君に対する認識がいい加減すぎます！」

「崔郭殿が真面目すぎるのですよ。何事も、なるがままです」

放任なのか、達観なのか。青頼の真意はいつだって読めない。ええいと崔郭は踵《きびす》を返す。

「こうしてはおれぬ！　すぐにお捜し申し上げなくては！　誰ぞ！　誰ぞここへ！」

胃痛に耐える崔郭の意思を汲《く》んで、室を覗いていた冥官たちが直ぐさま動き出した。

＊　＊　＊

「寒い」

　ぼそりと呟いた男の眼下には、真っ白な雲海が広がっていた。酆都の外れ、人気《ひとけ》の無い断崖絶壁に佇《たたず》む男は、俗に酆都真君と称される。街から離れたこの場所は、雪が解けることのない北の果て。崖下から吹き上げる突風は、氷のように冷たかった。

　何度足下を覗き込んでも、地面は見えない。ここから一歩踏み出せば、やがて地面に叩き付けられ全てが終わるだろう。終わらない書類の山に追われることも、罪人の苦しい言いわけを聞くこともなくなる。酆都真君という望まない責務は重すぎて、一刻も早く下ろしてしまいたかった。

「冥府の王なんて、なりたくてなったわけじゃないし。そもそも俺は一方的に押しつけられただけで、向いてないんだよね、そういうの」

　ぶつぶつと呟いてすでに半刻。真君の足は、最後の一歩を踏み出せないでいた。踏み出そうとはしたのだ、何十回も。しかし実行に移す勇気など、そもそも持ち合わせていなかった。もう一度見下ろすと、一際強い風が真君の長身を煽《あお》る。ひぃと小さく叫んで数歩後ずさる。

「……落ちたら痛いかな。ここ高いから……痛い思いをするよりも先に、落ちている最中に心臓が口から飛び出て死ぬかも知れないな」

　一応、想像してみた。

「叩き付けられて頭が潰れるのと、心臓が飛び出すのは……絵的に微妙だな。もっとこう……格好良く劇的に死ねないものかな」

うーんと唸る間にも、手や足の先は冷え切って痛み出していた。飛び降りるよりも、凍死する方が早いかも知れない。真君は息を吹きかけて何度か手をこする。その後、ぽんと手を打った。

「今日は特別寒いし、日が悪い。死ぬのはまた今度にしよう。うん、そうしよう」

言うなりさっさと絶壁に背を向け、待たせていた馬の手綱をとる。宮城から抜け出す際に適当に厩《うまや》から拝借した馬だったが、まるで真君が戻ってくるのを待っていたように、その鼻先をこすりつけてくる。

「飛び降りて死ぬのも寒さで死ぬのも、らしくないんだよな。俺は解ってたんだ。いざというときの為に、今日は下見に来たんだよ、下見。あくまで下見。予行練習だ」

うんうんと頷《うなず》いてから、馬の背に乗る。鞍《くら》を介しているとはいえ、全身に馬の温かさが感じられた。

「おまえ、えらいな。人が背に乗れば走るとか、立派だぞ。でもな、俺は仕事なんかしたくもない。知ってるかおまえ。真面目に労働すると馬鹿な目に遭うんだよ」

さてどうするかなぁ、と呟いて馬の腹を軽く蹴る。帰りたくないという真君の心情を察したのか、馬は遠慮がちに歩を進める。急いで走るのも違うよね？　と何度も振り返りながら。

「宮城に戻っても崔郭が追いかけてくるだろうな。書類を確認しろとか、判を押せとか……嫌だなぁ。仕事したくないなぁ」

かといって、いつまでも北の果てに居るわけにもいかない。渋々と街の方角へと馬首を巡らせる。

街へ入ったらこのまま酒場で酔い潰れてしまおうか。だが冥官は無能ではない。酔っていようが素面《しらふ》だろうが、すぐに連れ戻されてしまうだろう。そして心配性の崔郭が涙ながらに訴え、無理矢理にでも御璽を握らせてくるに違いない。

「山積した書類が雪崩を起こさないかな。いっそ生き埋めになりたい」

盛大にため息をつきながら、とぼとぼと帰路を辿る。

何百とある地獄を内包する冥府は広い。亡者や冥官が住む街を主に酆都と呼び、その周囲は郭壁に囲まれている。中へ入る為にはいくつかの門を通る必要があり、衛士が街の警備を兼ねて門を守っている。だが守るのはあくまで門であり酆都内の治安だ。広すぎる冥府の、それも酆都の外で起こっている事態については、なかなか手が足りていない。

だから突如、目の前で繰り広げられた暴挙を見つけて真君は嘆息した。一人の少女を大の男が数人で取り囲んでいたのだ。とても和やかに談笑しているようには見えない。わかりやすく言えば、少女の身ぐるみを剝《は》がそうという強盗だ。

「……こういうのは衛士の仕事なのかな。いや冥官の警備担当？　酆都の外で盗賊が出没してるとか……青頼が言っていたかな」

　冥府の治安を守るのも、真君の職務である。本来ならば住民からの訴えがあり次第、街の外の警備の人員を増やし、速やかに強盗を制圧するべきだっただろう。しかし悲しいかな、真君の労働意欲は皆無。住民の訴えも「ふぅん」で流してしまっていた。

「これ、俺の所為《せい》かなぁ。俺が悪いんだろうな……たぶん悪いんだろうなぁ」

　助けに入るか否か、真君の勇気が試される。

「目の前で刃傷《にんじょう》沙汰は嫌だ。さすがに後味が悪い」

　ぶつぶつと独りごちて馬から降りてみたが、ここでも一歩踏み出す胆力はない。だが真君という名の通り、腐っても神仙である。多少剣で切られたとしても、そう簡単には死なないものだ。だが痛いものは痛い。痛いのは嫌である。

　強盗の前に躍り出るべきかどうするか、馬の陰に隠れて思案していたときだ。

　少女を恫喝《どうかつ》していた盗賊の一人が、ついに手を出した。毅然《きぜん》と抵抗する細い手首を摑んだのである。もう迷っている場合ではなかった。神仙として……一人の男として見過ごすわけにはいかなくなった。

「ええい、ままよ……！」

　絶壁から飛び降りるのに比べれば、盗賊に斬られるなど可愛いものである。そう暗示をかけて、勇気ある一歩を踏み出した——つもりだった。

真君の針の先ほどの勇気を笑うように、手を出した盗賊の巨体が宙を舞った。

「は？」

理解するのに数秒を要する事態だった。少女は、盗賊の手を振り払おうとした。その勢いのままに、盗賊を投げ飛ばしたのである。家屋の屋根ほども舞った巨体が、音を立てて地面に倒れ伏す。他の盗賊たちも真君も、当の少女でさえも顎を落として唖《あ》然《ぜん》と立ち尽くしたのだ。

「え、なに？　どういうこと？」

並の人間のできることではない。ましてや華奢な少女である。大の男を高く飛ばせる腕力など、あろうはずもなかった。本人も自覚しているのか、しばし呆《ぼう》然《ぜん》と自分の手を見つめている。

盗賊たちも慌てて倒れている男に駆け寄るが、したたかに背中を打ち付けた男は見事に気を失っていた。それを見た盗賊たちは真っ赤な顔で少女に叫びだし、大人げもなく飛びかかる。

さすがにまずいと、盗賊の一人の眼前にいよいよ真君は飛び出す。

「はい、落ち着いて落ち着いて！　事情を聞くぞ。なにがどうしてこうなった？　相手は子供だ。大人げないぞ」

「どけませんどけません。寄ってたかって追い剝ぎなんて感心しないって。話し合おう？　とりあえず剣を置いて、話し合おう？」

「うるせぇ、どけ！」

「なんなんだ、てめぇ！　邪魔すんじゃねぇって！」

腐っても神仙である。生前は普通の人間だった亡者よりは、体力も腕力もある。速やかに盗賊を落ち着かせようと力尽くで宥《なだ》めにかかるが、他の盗賊は少女から目を離さなかった。仇《かたき》とばかりに剣を振り上げ、叩き下ろす。こうなれば腕の一本や二本は諦めるしかない。頑張れば後でくっつく。真君は少女を斬り殺す剣の前へ出ようと、そう思ったのだ。

だが少女は釈然としない表情のままに太刀筋をかわし、あろうことか剣を蹴り折った挙げ句、そのまま男を殴り飛ばしたのである。随分な距離を吹っ飛んでいく男を横目に、少女の猛攻は止まらなかった。真君の目の前の男を見定めて、鳩尾《みぞおち》に拳をめり込ませる。これもまた、かなり派手に飛んでいく。ほぼ一方的な暴力で気持ちいい程に盗賊たちを飛ばしきった少女は、自分の手足をしみじみと眺め出す。小さく首を傾げ、腑《ふ》に落ちない、といった顔だった。それでも気を取り直したのか、地面に転がる男たちにびしっと指を突きつける。

「か弱い婦女子になんたる非道か！　たとえ天が許しても、愛と正義の穹の武人が許さんぞ！」

「か弱くねぇし、どっちが非道だよ！」

反射的に叫び返した盗賊の大半は、さすがに戦意を失った様子だった。このまま盗賊が逃げ出せば、場は収まる。真君が勝手に安堵《あんど》した瞬間、一番最初に少女に投げ飛ばされた盗賊が息を吹き返した。落ちていた剣を拾い少女を斬りつけたのだ。

真君は舌打ちをする。油断はあった。少女も盗賊も、所謂《いわゆる》亡者だろうから、と。

人間は死ぬと、魂と肉体が分離する。肉体は人間の世界で埋葬され、魂だけが酆都へやってくるのだ。魂だけとなった亡者は死なない。死ぬ肉体がないからだ。いくら傷を負っても、身体が霧のように霧散して徐々に再生する。地獄へ送られる罪人は責め苦を受けるものである。例えば釜で茹《ゆ》でられ、例えば剣の山を登らされる。しかしどれだけ大きな傷を負っても、死ぬわけではない。しかし斬られれば痛い。痛覚は間違いなくあるのだ。

どれだけ職務放棄しようとも、酆都の住民たる亡者に意味もなく痛みを負わせることは本意ではない。しまったと後悔する目の前で、少女の胸を野蛮な剣が貫く。激痛を伴い、斬られた箇所が霧散する。そのはずだった。

驚くことに少女の胸からは鮮血が吹き出し、あたりを染めはじめる。まるで生身の人間のようだった。真君はもとより、盗賊たちも想定外だったのだろう。生々しい肉の感触に剣を取り落とした男が、悲鳴を上げた。

少女はがっくりと膝をつく。力なくそのまま倒れ伏すのだろう、その場の誰もがそう予想した。だが少女はしっかりと足を踏みしめると、そのまま男の頬を張ったのだった。その勢いで男の身体は三回転ほどして、地面に叩き付けられた。

「この……不届き者が！　婦女子を恫喝した挙げ句に剣で斬りつけるとは……愚かと言わざるを得ない！　そこになおれ！　説教してくれるわ！」

怒り心頭といった様子で、少女は声を張り上げる。血まみれの少女に諭されるとは思わなかったのだろう。盗賊たちは腰を浮かせて、今にも逃げだそうという雰囲気だった。ここぞとばかりに、真君はわざとらしく遠くに視線を投げる。

「あ、衛士だ！　衛士が来たぞー！」

「やべぇ、逃げるぞ！」

見えもしない衛士を恐れ、這々の体で盗賊たちは散っていく。その後ろ姿を見送りつつ、真君は少女に駆け寄った。

「だ、大丈夫か？　大丈夫じゃないよな？　どうなってんの？　いろいろどうなってんの!?」

蒼白《そうはく》な顔でおろおろと少女にとりつくが、当の本人はしばし呆然として、胸の傷を押さえた。白い煙が立ち上り、みるみるうちに傷が修復されている。どう見ても、亡者のそれではなかった。しかし少女は、頬を紅潮させ目を輝かせる。

「なぁ、見たか？　わたしはあれだけのならず者たちを蹴散らしたぞ？　この病弱なわたしが！」

「病弱？　どこが？　どう見ても、元気はつらつな暴力系少女だけど」

「これだけ動いても息が上がらない。熱もない。気を失わない。どういうことだ？」

「いや、それは俺が聞きたいんだよね」

少女の身体的に異常な能力はさておき、改めて眺めてみる。まだ子供と言ってもいい年齢だが、顔は可愛い。気品もある。異常な腕力を除けば、希《まれ》なる美少女だと讃《たた》えてもいいだろう。深紅の衣装は婚礼用のものだ。肌は抜けるように白く、長い黒髪は黒曜石のように艶やかである。二輪に結い上げている髪に挿してある歩揺《ほよう》は見事な金細工で、希少な玉も飾ってあった。身分は高いのだろう。もしかしたら一国の皇女かもしれないと思ったが、少し不思議なのは耳にも首にもごてごてと飾りをぶら下げていることだ。下品とまでは言わないが、品が良いとも言えない。

「成金豪商の娘かな？」

「やはりそう思うか？　しかしな、お金は裏切らないんだそうだ」

本人も納得していないのか、いささか遺憾な表情をする。

「これは支度金だ。わたしは嫁入りする身なのだ」

「あぁ……可哀想《かわいそう》に。婚礼中に死んでしまったんだな。だからそんな恰好で、この辺りをうろうろしてたのか」

「……やはりわたしは死んだのだろうか」

人の死の種類は多様だ。どんな悲劇がこの少女を襲ったのだろうか。痛ましそうに目を細めていると、すっかり癒えた胸元をさすって、少女は真君の袖を引っ張る。

「尋ねたいのだが、ここはどこだ？　冥府の王に会うには、どうしたらいい？」

「ここは酆都の外れ。ほら、向こうの郭壁が見えるか？　あの壁の向こうが酆都。あのね……言い辛《づら》いけど、お嬢ちゃんは死んだの。死んだ人間は亡者と言って、本来なら酆都のしかるべき場所に着くはずなんだけど……時々あるんだよね。酆都の外にひょっこり出ちゃうことが」

「亡者……やはりわたしは死んだのだな。それに酆都は本当にあったのか」

「ちなみに、さっきの追い剝ぎの連中も亡者。そのじゃらじゃらした装飾品が欲しくて、お嬢ちゃんを襲ったんだろうけど」

盗賊たちが去った方向に目を向けると、少女は眉を寄せた。

「金に困っていたのか？」

「死んだ後も、酆都で生活しなきゃならないんだよ。あのね、後で担当の冥官からも説明があると思うけど……亡者は裁判を受けなきゃならない。生前の善悪を加味して、地獄行きか転生かを決める。でもそれって、死んでから四十九日後なんだよ」

「そんな先なのか？」

「そう。それまで酆都で生活しなきゃいけない。つまり、金がいるってこと。普通なら遺族が冥銭《めいせん》を燃やすだろう？　葬儀や供養でお金を燃やすやつ、知ってる？　それがそのまま、亡者の生活費になるんだ」

　大陸の国々では、死後にお金で困ることがないようにと紙幣を燃やす。本物の金ではなく、燃やす用に金を模した紙だ。死者を悼む遺族がいればいるほど、供養の気持ちがあればあるほど、酆都での暮らしは豊かになる。しかし金に困るということは。

「あのならず者たちには、供養してくれる遺族がいないということか？」

「もしくは恨まれていて、誰も供養してくれないか」

「……それなら、首飾りの一つでも持たせてやればよかったな」

　ぼそりと漏らす言葉に、真君は驚いた。

「襲われといて、施してやろうって言ってんの？」

「それが持つ者の役目だ。弱きを助けるのもまた、英雄なのだから」

「英雄？　なんで急に英雄が出てきた？」

「それで、冥府の王はどこにいる？　わたしは王に嫁ぎにきたのだ」

「……なんだって？」

花嫁など募集した覚えはない。それとも知らない間に、青頼あたりが「面白そう」と勝手にやらかしたのだろうか。冗談ではない。

「わたしは穹国の第二皇女、宵華《しょうか》という。すぐにでもお目通り願いたいのだ」

「待って待って。穹の皇女って言った？　やんごとないし！　頼んでないし！」

「故国を救わねばならん。一刻を争う事態なのだ。質問に答えてくれ」

「いや、嫁入りなんてそもそも聞いてないって……いた！」

少女……宵華に摑まれた腕が、ぎりぎりとおかしな向きに曲がり始める。

「いててて！　待って！　本当に待って！　そんな方向に腕は曲がるようにできてないから！」

「王に会うにはどうすればいいのかと、聞いている」

このままでは、さっきの盗賊たちの二の舞だ。五体満足に帰れやしないだろう。それに、このまま放っておくわけにもいかない。宵華の異常な身体能力、霧散しない身体。真君には一つ、心当たりがあった。確証はないが青頼なら知っているだろう。

「よしわかったぞ、宵華ちゃん！　宮城へ行こう！　冥府の王に会いに行くぞ！」

「本当か？」

ようやく解放された腕をさすり、真君は嫌な予感でいっぱいになった。もし、この嫌な予感が的中したなら、職務放棄で逃げ回るどころではない。下手をすれば玉京から追われる身となってしまうだろう。

脂汗をかきながら真君が振り返ると、宵華は馬を見上げて顔を輝かせていた。

「馬に乗せてくれるのか？　病に伏せる身体では、馬に乗るなど夢のまた夢だったからな。ずっと憧れていたのだ。ほら、英雄は馬で駆けるものだろう？」

またおかしなことを言う。どこからどう見ても、健康優良児が服を着て歩いているようなものなのに。宵華を乗せた馬を引きながら、真君は足取りも重く帰路を辿る。

まったく、とんでもないものを拾ってしまった。

＊　＊　＊

宵華が酆都の外れで出会ったのは、死んだ目をした覇気のない男だった。幸運なことに、彼は冥府の王と面識があるらしい。酆都を守る衛士にも、王が住まうという宮城の官吏にも、顔を見せただけで通してくれるほどだ。気怠《けだる》い様子で手招きをされ、奥まった室に通される。「まぁ、そこに座ってて」と長椅子を勧められて、宵華は従った。だが男は退室するでもなく、向かいの長椅子にぐったりと寝そべりはじめる。

遊び人の見かけによらず、本当は官吏なのかもしれない。王の宮城で寝転がれるほど上級の。そういえば名前すら聞いてなかった。口を開きかけたとき、誰かが室に入ってくる。青銅色の髪をした、黒い官服の青年だった。冥府の王には見えない。

「おかえりなさいませ。自害を思い止《とど》まられたようでなによりです。ところでお客を連れ帰られたとか……私をお呼びでいらっしゃると伺いましたが？」

涼しげな口調の青年を見るなり、覇気のない男は即座に立ち上がった。

「ちょっと……ちょっとこっち！」

「はぁ。何事です？」

ただならぬ口調で呼び寄せると、二人は室の隅の暗がりでこそこそと密談をはじめてしまった。ちらちらとこちらを窺《うかが》っているので、話題は自分のことなのだろうが。

なにやら面白くない。やがて官服の青年が、宵華を振り返りにっこりと微笑《ほほえ》んだ。

「初めまして、青頼と申します。冥府の王の小間使いのようなことをしておりますが、なにやらお怪我《けが》をされたとか。痛みますか？」

「痛みはしない。もう治った」

心配はいらないと付け加えるが、青頼と名乗った男は宵華の足下に片膝をつく。

「拝見しましょう」

そう言って胸元を覗き込む。理由は知らないが、すっかり治ったのだ。じろじろとした視線にいい気はしなくて、ぐいと青頼の顔を押しやる。

「もうよい。治ったと言っているだろうが」

「そうは言いましてもね、血を吹き出した傷がたちどころに治るというのも、おかしな話でして」

「それはそうだが……」

「重ね重ね、失礼いたしますよ」

控えめなようでいて押しは強いらしい。有無を言わさず宵華の脈を測り出し、身体のあちこちを触り出す。そしてどこからか針を取り出すと、宵華の手を取ってぷすりと刺すのだ。思わず手を引いて、青頼の頬を張り飛ばす。綺麗《きれい》に一回転ほどした後に青頼の身体は壁にぶち当たったが、なおも涼しい様子で立ち上がった。かと思えば素早く宵華の足下まで戻り、刺した傷をまじまじと見つめる。視線につられて指を見ると、血が丸く浮き出た傷は細く白い煙を上らせて完治してしまった。改めて見ると不思議だし、気持ちが悪い。顔を顰《しか》める宵華の目の前で、青頼は「はい」と頷く。

「屍人《しびと》ですね」

「やっぱり!?」

青頼の背後で眺めていた覇気のない男は、青い顔で悲鳴を上げた。

「屍人？　物語に出てくる化け物か？」

「そうです。屍人とは空想上の存在ではないのですよ。実在する妖魔の類い……とでも言えばいいのでしょうか」

「妖魔？」

「人は死ぬと肉体と魂に分かれます。普通なら肉体は地上で埋葬され、魂だけが酆都にやってきます。そこで裁判の日を待ち、地獄へ行くか転生するか、生前の功罪で判断します」

理屈はわかる。そういうものなのだろうと、宵華はこくりと頷いた。

「しかし屍人というのは、なんらかの理由で死んだ肉体に魂が残ってしまった状態を言います。死体に無理矢理魂を押し込めるとか、呪術を使うとか諸説あるようですが……亡者とは違って肉体があるのです。しかし肉体は死んでしまっているので、老いはしませんが成長もしません。そして怪我をすれば血を流しますが、すぐに治ってしまいます。今のように。この時点ですでに化け物の域ですね」

淡々と説明されて、宵華は自分の指を見る。次いで剣で刺された胸元も。確かに痛みもあったし血も流れた。今はもう、その面影はどこにもないが。名実ともに屍人姫となってしまったのだろう。

「だが不便は感じないぞ。怪我をしてもすぐに治るなら、利点しかないではないか」

「それだけなら利点かもしれませんが、冥府において屍人とは、ちょっと厄介なのですよ」

背後で突っ立っている覇気のない男を振り返り、「邪魔だから座ってなさい」と長椅子を指す。しおしおと座る男を見やってから、青頬は言葉を続けた。

「もう一つ特筆すべきは、その身体能力です。生きた肉体という枷《かせ》が外れた屍人は、人間の数十倍の力を備えるのです。それに目を付けた勢力が、昔にありましてね。屍人を集め、更には人為的に作り出し、あろうことか天帝に弓を引いたのですよ」

「天帝だと？」

さすがに聞いたことはある。神仙が住まう世界、玉京を治める天の皇帝。天上における最高神だ。

「どんなに傷を負っても立ち上がり、希なる力であれよあれよと玉京に攻め入りました。とはいえ、玉京の神々も無能ではありません。武神に破壊神に闘神、一致団結してその屍人の勢力を打ち破ったのです。この時点ですでに罪深いですが、玉京には獬《かい》豸《ち》という善悪を判じる神獣がおります。獬豸は全ての屍人を、悪であると裁定しました。それ以来、屍人というのは玉京で禁忌となったのです。屍人という存在自体が、すでに罪なのですね」

「ではわたしは……地獄に落ちるということか？」

「玉京に知られれば、裁判を待たずに処刑ですね。魂も肉体も、跡形もなく木っ端微塵です。地獄とか転生とか、そんなもの以前の話です」

さすがの宵華も顔を曇らせ、卓を叩いて立ち上がる。

「玉京の事情など知ったことか！　故国を救う為にここへ来たのだぞ。流行病で死んでいく民を救わんと、わたしは死んだのに……それが叶わないと言うのか⁉」

婚礼衣装の裾を払い、宵華は青頼を見上げた。

「すぐに冥府の王にお会いしたい！　これ以上、民を冥府へ招かないでくれ！　その為に王に嫁ぎに来たのだ！　わたしは穹の皇女、宵華だ。年は十三。よろしく頼む！」

摑みかかりそうな宵華を両手で宥め、青頼はちらりと青い顔の男に視線を投げる。

「だそうですよ。どうしますか、冥府の王？」

「なんだと？」

青頼が王と呼んだのは、死んだ目をした覇気のない男だった。宵華が射るような視線を向けると、王と呼ばれた男は気まずそうに余所《よそ》を向いてしまう。

「あぁ……うん。俺が冥府の王です。酆都真君なんて呼ばれてます、一応」

真君とは仙人を指す号だ。では、この男は元々人間なのだろう。宵華が伝え聞いた冥府の王は、神である。仙人から神に昇格したのか。それにしても――。宵華は懐を探り、大事な『焔祟伝記』が無事であったと喜ぶのも束《つか》の間、何百回と捲《めく》った頁《ページ》をたどる。そう、冥府の王に会ったという焔祟によると――。

「女神が見惚れる美丈夫――？」

ちらりと真君の顔を見やる。悪くはない。どちらかと言えば良い類いだ。しかし生気も覇気もない目は、死んだ魚のようだった。女神は振り返らないだろう。

「銀の髪に褐色の肌？」

真君の肌はどちらかと言えば白い。色素が薄いのではなく、家に籠もり日に当たっていない白さだ。それに真君の髪の色は赤い。宵華が着ている婚礼衣装にも似た、深紅だ。どう間違っても、銀には見えない。

「英雄を打ち倒すほどの剣の腕……」

決して貧弱ではない。文官というよりも、武官であろう立派な体格をしていた。しかし丸腰だし、背中を丸めて長椅子に座る様は年老いた猫のようだ。

「冥府の官吏に人望も有り、賢人にも劣らぬ知識を持つ。完全無欠の神――」

人望……あるのだろうか。青頼は王に仕える小間使いと自称した。ならば真君の臣下である。その臣下から、「邪魔だから座ってなさい」と指示される始末だ。それを果たして人望と呼んでいいのか。どう大目に見ても、完全無欠とは言い難い。

「…………思ってたのと違う」

露骨に顔を顰める宵華に、慌てて真君は言い募る。

「ごめんね違ってて！　それね！　たぶん先代の冥府の王のことだね。先代の王は『東嶽大帝《とうがくたいてい》』って呼ばれててさ、俺なんかとは比べものにならないくらい立派な神だったのよ。色男で女神にモテモテ。剣の腕は玉京一と称されてさ」

「先代……？」

「代替わりしたんだ。後任に指名されたのが、よりによって俺だったってわけ。いや、困るよね。俺なんかが冥府の王なんか務まるわけないって断ったんだけどさ……」

にわかには信じられないが、宵華はちらりと青頼を見上げる。彼は言い聞かせるように頷いて、真君を指さした。

「残念ながら……今の冥府の王は、この方なんですよ。どうです？　嫁ぎたいです？」

「是か否かと問われれば、死んだ目をした男に嫁ぐなど、正直気は進まない」

「正直すぎるご意見を賜りました。ありがとうございます」

同感とばかりに青頼は嫌味のない笑みを浮かべるが、真君はいらいらと卓を叩く。

「そもそも！　花嫁なんか募集してない。冥府の王なんてしたくもない役目を押しつけられ、この上結婚しろって言うのか？　嫌だね、面倒臭い。面倒の極みだよ」

「そうですか？　毎日怠惰に昼まで寝て、起きれば執務をさぼって酆都に繰り出し酒を飲む。毎晩千鳥足で帰ってくる真君を介抱する私の身にもなってください。そんな自堕落な生活を見直す、よい機会だと思っておりますが」

「それに、十三なんてまだ子供だぞ？　俺にそんな趣味はない」

「十三で嫁入りなど、別に珍しくもありませんが？　自分が保護し養うのだと、前向きに取り組めばどうです。公私ともに充実しますよ」

「なにがなんでも仕事をさせたいようだがな、俺は嫌だぞ。労働なんてクソだ。働いたら負けなんだよ。俺は勝つ。誰よりも勝つ！」

「またそういうことをおっしゃる。私の予想ですけどね、そういういい加減な勤務態度が、この度の件を招いたのだと思っていますよ。宵華様をご覧ください。屍人ですよ屍人。天帝に知られたらどうするんですか？」

　ぐっと言葉に詰まり、真君は宵華をちらりと見やる。

「……どうしよう、青頼。もし玉京に……天帝に知られたら、どうなっちゃう？　屍人隠匿の罪とかで俺も処刑？」

「どんなに腐っても神の端くれですからね。魂ごと木っ端微塵は避けられるでしょうが……よくて杖打《じょうう》ちの刑とか」

「杖打ち……」

「山をも壊すと言われる武神による、百叩きですね。その後に爆破四散して虫ケラに転生かと。まぁ、理由によりますね」

　ひぃと真君は悲鳴を上げる。

「虫ケラは嫌ぁ！　せめて猫がいい……！　お願い青頼、原因を調べて！」

「仕方ないですね。禄命簿《ろくめいぼ》を確認してきます。少しお待ちくださいませ」

そう言って、青頼はさっさと室を出て行ってしまう。

残された真君は文字通り頭を抱えてしまっているが、宵華は状況に追い付けない。

改めて長椅子に腰を掛け、ぶらぶらと足を遊ばせる。

「禄命簿とはなんだ？」

「人間の寿命を管理している帳簿のこと。生前にどんなことをしたのか、善行も悪行も全部調べて記載してある。それを見れば、なんであんたが屍人になったか、判明するかも知れない」

「理由が知れたら、わたしは屍人ではなくなるのか？」

「正直わからん。こんな例、初めて見るからな」

ふぅん、と宵華は唸る。そして自分の手を見つめて、二度三度と開いて握った。

「別にわたしは困ってないぞ。生まれてこの方、病弱故に長くは生きられないと医師に言わしめた身だ。屍人とは言え、健康な身体を手に入れたのだ。ならず者たちを成敗し、馬にも乗れる。利点しかない」

「健康というか、死んでるんだけどね。わかってる？」

真君は大きくため息をつく。陰鬱な真君に対して、宵華は満足そうに自分の身体を眺める。今の身体なら、焔崇を真似て大きな剣を振れるかもしれない。そうして軍馬に跨《また》がり、故国の為に悪を倒して駆け抜けるのだ。まるで英雄のように。問題は流行の病をどうするか。これればかりは宵華の手には負えない。

「冥府の王よ、とりあえず婚姻の件は置いておこう。なによりもまず、穹に流行る病をどうにかして欲しい」

「流行病？　あのね……玉京には病気担当の神様がいるの。気難しくて神経質な、できれば金輪際関わりたくない厄介な神様が。流行病をどうにかするには、そいつに問い合わせなきゃなんないんだよね。嫌だよそんな面倒なこと」

はん、と鼻で笑って、真君は長椅子に寝転がってしまう。余りにも非道な態度に
「それでも神か！」と気怠げな尻を叩き飛ばした。

「いてぇ！　尻がもげる！」

神仙とは言え痛覚は人間並みだ。飛び上がり、足早に室の隅へ退散する。

「俺の領分は冥府の中だけなの！　病気とかそういうのは管轄外なの！」

「進言くらいしてくれてもよいだろうが！」

「嫌だって言ってるだろ！　俺は仕事はしない主義なんだ！」

「なんたる様だ。冥府の王とは聞いて呆《あき》れるな」

もう一度引っぱたいてやろうかと、じりじりと距離を詰める。屍人の怪力で殴られてはたまらないと、真君は対角線上に逃げ惑い睨《にら》み合うこと四半刻。

そこへ思ったよりも早く、青頼が帰ってきた。

「判明しましたよ」

「さすがだ青頼！　俺の秘書官は仕事が速い！」

真君は直ぐさま青頼を捕まえて、その背に隠れてしまう。

「それで？　原因は？」

「原因は真君です。九分九厘、真君の責任です」

「……俺？」

さっと顔色をなくす真君を押しやり、青頼は懐から走り書きをした紙を取り出す。

「宵華様の禄命簿ですが、裁判の準備の為に原本は各部署を飛び回っております。直接見ることは叶いませんでしたが、事務処理をした冥官を何人か捕まえました。書かれていた内容を問いただして集めた結果、以下の項目が判明しました。まずは死因。これは自然死です」

青頼の口調はあくまで冷静だ。宵華は頷く。

「間違いはない。わたしは嫁入り支度をして死んだ」

「はい。それも記載されておりました。死因の欄に記載されているということは、宵華様は『死んだ』ということです」

「そりゃそうだ」

なにも不審な点はない、と真君は呟く。

「ところがどっこい。誰かさんの所為で冥府の各部署は多忙を極め破裂寸前。それ故、どこかの冥官の手落ちがあったのでしょう。生者の項目に『可』の記載があったのです。つまり禄命簿を見る限り、宵華様は『生きている』となります」

「…………」

「これで、死んだ肉体に魂が残ってしまったのでしょうね。禄命簿の最終確認は、真君の職務。真君の御璽がちゃんと押してあったそうです。これで見事、屍人のできあがりですね」

「嘘《うそ》……この目で見てたってこと!? 俺、判を押した!?」

真君の顔色はすでに血の気がなく、屍人の宵華よりも白くなっていた。

「押してます。判を押したということは、真君が承認した、ということです。つまり真君は、玉京で禁忌とされる屍人を人為的に作り出した。又は、禁忌とされている行為を推奨した、そういうわけです」

「それってつまり……」

「天帝から反乱分子として処分されても仕方ない、そんな状況ですね」

「虫ケラ確定！」

いやぁぁと叫ぶと、真君はその場にうずくまってしまう。そしてぶるぶると震える手を見つめてから、そろりと青頼を見上げた。

「いつだ！　俺、いつ判を押した!?」

「逆算するに十日ほど前かと。ほら、酒場で賭けをして大負けした日を覚えていますか？　すっかり身ぐるみ剝がされて、酆都の門前に全裸で晒《さら》された翌日かと」

「……うっすら覚えてる。二日酔いが酷《ひど》くて、起き上がれなかった日だ。なのに崔郭が、俺の寝室に禄命簿の山を積んだんだ。ざっと千人分。今日中に判を押さないと、腹を切って死んでやるって泣きつかれて……」

「二日酔いの朦朧《もうろう》とした頭で最終確認したんですよね。残りの九百九十九人分の禄命簿は無事だったようですが」

淡々と告げた青頼は、一切を書き留めた紙を燭台《しょくだい》の火に近づけて燃やしてしまう。不都合な証拠は消すものだ。

「自業自得ではないか」

憐《あわ》れと思う気持ちがないわけではないが、自分の生涯を雑に扱われて良い気はしない。悠然と腕を組む宵華の目の前で、冥府の王は青頼に飛びついた。

「どうしよう!?　ねぇ青頼！　どうしよう!?　バレたら虫ケラ……！」

「バレなきゃいいんですよ」

事も無げに言って、青頼はしっしと真君を追い払う。

「禄命簿を修正するしかありません。しかし、次に宵華様の禄命簿を手にできるのは、裁判の日だけ。つまり今日から四十九日後です」

「結構長いよ!?」

「どんな理由を付けても、今の時点で禄命簿を回収するのは無理があります。職務怠慢な真君が、何故に突然禄命簿を必要とするのかと、怪しまれます。怪しまれれば、いずれ玉京に報告されますから」

「じゃあ……四十九日後の裁判に立ち会って、こっそり修正すれば問題ないわけだ？」

「理屈の上ではそうなります」

四十九日後、と呟いて、真君はのろのろと立ち上がる。

「それってつまり、四十九日間、このお嬢ちゃんが屍人であることを隠し通せと、そう言いたいんだな!?」

「そうです。よくできましたね」

青頼は涼しい顔でぱちぱちと手を打つ。途端に真君は、宵華の足下に飛びかかった。

「そういうわけなの、宵華ちゃん。絶対にバレるなよ。誰にも言うな……というか、どこにも行くな!?　なにもするな!?」

「せっかく動ける身体を手に入れたのにか？」

不満げに頬を膨らませつつ、真君をぐいぐいと押しやる。いつもはやる気のない真君も、今ばかりは諦めるわけにはいかない。必死に追い縋《すが》るも、屍人の力で引っぺがされてしまう。ごろんと二回転ほどしてから、今度は青頼の官服の袖を引っ張る。

「ほら、そんな他人事《ひとごと》の顔してないで、青頼からもお願いして！　早く！」

「おやおや。この私が、こんな素敵な機会を見逃すとでも？」

「青頼？」

「宵華様、お願いがございます」

言うなり青頼は、両膝をついて宵華に渾身《こんしん》の拱手《きょうしゅ》を捧《ささ》げる。

「どうかどうか、このぽんこつの真君に嫁入りをしてやってください」

「青頼!?」

なに言ってるの!?　と悲鳴を上げる真君は完全に無視して、青頼はわざとらしく目元を拭って泣く振りまではじめる。

「真君の虫ケラ転生の危機よりも、今は冥府が機能することを優先すべきです。宵華様にそのお手伝いをお頼みしたい」

「青頼さん、待って!?」

「どういうことだ？」

背後でなにやら叫んでいる真君に一瞥《いちべつ》をくれ、青頼は言葉を続けた。

「言ってしまえば、真君。あなたは替えが利くのです。虫ケラになったあなたの後任に、他の神が就いてしまえばいいのですから。どんなに無能の後任者でも、今のあなたよりはマシでしょう」

「でも……でも、誰でもいいわけじゃないじゃん？　有能な先代が、わざわざ指名した俺ですよ!?　見捨てるんですか!?」

「愛情がないわけではありませんよ？　冥府の王に就任して以来、付かず離れず公私ともに一緒に頑張ってきたわけですからね。しかし、こうも毎日執務を抜け出されては、さすがに温厚な私も腹に据えかねるというもの。この機会に心を入れ替えて、びしっと仕事をなさってください」

言って、再び宵華に拱手をする。

「夫婦というのは比翼連理。一心同体で運命共同体。夫の責任は妻の責任。その逆もしかりです。どうか宵華様には、真君の花嫁として……そして『真君代理』として、冥府の難題を解決するお手伝いをお願いしたいのです。十三という若さも重々承知しておりますが、冥府へ嫁がれた強く聡明なお心……この青頼、感服しかございません」

「このどうしようもない冥府の王に代わり、仕事をせよと、そういうことか？」

「お恥ずかしながら……」

「ふむ」と一つ頷いたとき、懐の『焔崇《えんすう》伝記』に目を向ける。物心ついたときから、毎日のように読んできた宝物だ。その内容は一字一句、覚えている。宵華は古書を取り上げると、びしっと青頼と真君の眼前に突き出す。

「わたしが敬愛する焔崇も言っていた。『王の伴侶もまた、王なのである』と。この『焔崇伝記』にも記してあるのだ。かつて穹に統治に苦しむ女帝がいたが、焔崇の助言で伴侶がよくよく助けて共に国を導いたのだ。どんな苦境にあろうとも、二人の王がいればどんな難事も乗り越えられる。焔崇はそう言いたかったのだ」

「ほぉ、焔崇殿ですか？」

知った風な口調に、宵華はぱっと顔を輝かせる。

「知っているか？　愛と正義の心を持って悪を打ち倒し穹を救った、大英雄なのだ。わたしはずっと憧れていてな、この焔崇のように生きたいと常々思っていたのだ。まぁ、生きることはもう叶わないが、せめて焔崇のような気高い心を持っていたい」

「焔崇殿がおっしゃったのでしたら、なおのこと、宵華様にはもう一人の王となっていただきたい。冥府の問題は多様です。その解決には、焔崇殿と同じ志を持った宵華様が適任かと存じます。穹の皇女たる宵華様のご活躍を知れば、焔崇殿もお喜びになりましょう」

「青頼は焔崇に会ったことがあるのか？」

「ございますよ。彼はその昔、先代である東嶽大帝のお声掛けで冥府へやってきました。その勇猛果敢なご活躍、この青頼の目に焼き付いております。今も玉京のどこかで、剣を振るわれていることでしょう」

にっこりと笑う青頼に、宵華は飛びついた。その拍子に首を絞め上げられ、蛙《かえる》が潰れたようなうめき声が上がったが、宵華の耳には届かない。

「すごいぞ、青頼！　焰崇は今もご健在なのだな!?」

「はい。ですので宵華様、この冥府で真君代理としてご活躍なさいませ。英雄のように魑魅魍魎《ちみもうりょう》をばったばったとなぎ倒せば、きっと焰崇殿の耳にも入りますよ。どうです？　嫁入りしますか？」

「する！」

「いやあぁぁぁー！」

宵華は追い打ちを掛けるように、のたうち回る真君に向き直った。

「おまえさま！」

「おまえさま!?」

それは『夫』に対する敬称の意味だろうか。真君は思わず一歩飛び退《の》いた。

「おまえさまも、焰崇を知っているか？」

「……名前くらいは……」

気の所為か、視線が彷徨《さまよ》い出し、顔色がまたもや悪くなる。

「ならばおまえさまも、焔崇に恥じない仕事をしような！　かの英雄もかつて、働かない重臣の代わりに国の政を行ったという。わたしもそれに倣うのだ。焔崇に笑われないよう、全力で王の職務に励むからな！」

「無事に四十九日間お仕事を成し遂げられれば、この青頼が流行病の件も、どうにか玉京と連絡をつけましょう。どうせ真君は『面倒だから嫌だ』などと抜かすでしょうから」

「本当か!?」

穹が救われる。冥府で英雄のごとき活躍ができる。焔崇の耳にその報が届く。

もはや宵華に断る理由などなかった。真君の腕を引いて無理矢理立たせると、その袖を引く。

「すぐに結婚だ！　婚礼衣装も着ているし、支度金もある。あとはなにが必要だ？」

「汚いぞ、青頼……！　いろいろこう……汚い！」

悪態をつく真君に対し、青頼はにやりと笑う。

「十三のお姫さまに職務を押しつけるなど……いい大人が、なさいませんよね？　恥ずかしいですよ？　良心が欠片《かけら》でもあるのなら、ちゃんと仕事してくださいね」

「……嫌だ！　仕事はしない！」

断固として拒否の姿勢を見せるも、青頼は軽やかに立ち上がる。

「お茶くらい出しましょうね。気が利かなくて申しわけありませんでした」

含んだ笑いを堪えながら退室しようとする青頼を、慌てて真君は追いかけていく。

「宵華ちゃん、そこで待ってて。頼むから良い子で待っててよ？」

「わかっている」

きっと婚儀の用意をするのだ。部屋に取り残されようとも、死んだ後に得た希望に、宵華は胸を膨らませるだけだった。

＊　＊　＊

宵華を残して室を出る。本当に茶を淹《い》れる準備に向かおうとする青頼を捕まえて、真君はぐぐっと顔を近づけた。

「青頼、いったいどういうつもりだ？」

「どうしたんですか？　顔が土気色ですよ、焔崇殿」

「頼むからその名で呼ぶなよ！　特にあのお嬢ちゃんの前で！」

にやにやと意地悪く笑う青頼を睨むが、そんなことで怯《ひる》む秘書官ではない。

「言いませんよ。あれだけ尊敬してやまない焔崇殿が、まさかこんなところでぽんこつな冥府の王をやってるなんて……さすがの私もそれほど鬼畜ではありません。と言いたいところですが――」

「青頼さん!?　目が笑ってないんですけど!?」

「先ほども申しましたが、この千載一遇の機会を逃すつもりはございません。仕事をするしないはあなたのやる気にかかっていますが、宵華様とは結婚していただきますよ、このすっとこどっこい」

「俺、王様だよ!?　一応、あなたの主なんですが!?」

「だまらっしゃい。結婚しなければ宵華様にバラします」

じろりと睨み、青頼は真君の言葉を制す。

「先代が『焔崇』を冥府へ招致して、活躍されたのは周知の事実。しかしあの事件の後に『酆都真君』に就任したことを知っているのは、今の冥府で私だけです」

「そう！　そうなんだよ！　だから……！」

「だから、なんです？」

いつものどこか飄々《ひょうひょう》とした雰囲気は、今ばかりは姿を消す。途端に立ちこめる青頼の殺気に、真君は後ずさった。逆らえば刺されてしまう。痛いのは嫌である。

「先代があなたを後任に指名したのは、こうも毎日だらだらと過ごさせるためではありません。それだけは心に留め置いてください」

「しかしだね……結婚なんて今日明日で決めるもんでもないよね!?」

「四十九日」

「う……」

「長くても四十九日の辛抱です。それで状況が変わらなければ、さすがの私も先代へ諸々《もろもろ》のご相談をしようかと思っております」

「本当!?」とぱっと顔を輝かせる真君に、さすがに青頼が嘆息する。

「喜ぶのは早いですよ。事態が好転するなど、ゴミほども思わないでいただきたい」

ついに耐えきれず、真君は頭を抱えてしゃがみ込む。

「じゃ、結婚って本気で言ってるんだ!?　どうするんだよ、俺が焔祟だってバレたら……がっかりするのは目に見えてる。それだけならまだいい……いいや、よくはないが。あのお嬢ちゃんが勝手に夢想している英雄の勇姿とやらを強要されるぞ！　勘弁してくれ！　穹での活躍なんて、俺にとっては黒歴史なんだ！　あの頃の覇気も勇気も矜持も、もはやないんだ！　それに『焔祟伝記』ってなんなんだよ！　俺、そんなの知らない！」

「よかったですね、後世まで語り継がれていて」

「一体なにが書かれてるんだ……きっと、身に覚えのない逸話が満載なんだ……嫌だぁ！　断固として知りたくない！」

「バレなければいいんですよ。四十九日間、頑張って隠し通してください。屍人の存在と、あなたの正体と」

「できるのか!? いや、できるのかじゃない、やれ！ 俺、頑張れ！」

柄にもなく自らを鼓舞する様子を見て、青頼は満足そうに頷く。

「その意気で職務もお願いしますね」

「……いいや、俺は働かないぞ。断固として働かない。両方ともバレないままで職務を放棄しつづけてやるからな！ ……しかもよりによって穹の皇女なんて……」

「因縁があるんでしょうねぇ。ま、頑張ってくださいませ」

適当すぎる相槌《あいづち》を打って、青頼はそそくさと歩き出す。さて、このまま簡易的でも婚姻の儀を強行してしまおう。そしてこれから始まる騒動を予想し、青頼は肩を震わせてこっそりと笑みを堪えるのだった。

第二話　赤虎猛咆

抜け殻になった真君《しんくん》を隣に座らせ、青頼《せいらい》が無理矢理に進めた婚姻の儀の翌日。宵華《しょうか》はすっきりと目が覚めた。寝台から起き上がっても目眩《めまい》はなく、脈も落ち着いている。いや、身体はすでに死んでいるので、そもそも脈はないはずではないのか。それにしては、心臓も今まで通りに打っている様子だ。首を傾げていると、宵華が目覚めた気配を察したように、青頼の声が聞こえた。

「お目覚めですか？　お水をお持ちしましょうね」

言うなり、水の入った銀の盥《たらい》を持ってやってくる。室内はどこか古風だが、故国に居たときと大して変わりはない。顔を洗おうと水を掬《すく》うと、ひんやりと冷たかった。

「青頼。わたしの身体は死んでいるのだよな？　だから病がどこかへ消えてしまったのか？　しかし水は冷たいと感じるし、心臓も動いている気がするんだが」

「説明が難しいのですけどね」

彼は卓に茶や粥《かゆ》を用意してくれた。屍人《しびと》でも、食事はしろということだろうか。

「屍人とは呼びますが、死体とは違うのです。生きてはいるのですが、死んでもいるという非常に中途半端な状態でして。病気というのはそもそも生きた肉体に宿るのですよ。屍人になってしまった現在は、その病気も抜けてしまったわけですね。そもそも人間には陰と陽の気がありましてーー」

「なにやら難しいな」

「でしたら、こう覚えておいてくださいませ。基本的に、生きている頃と大した変わりはありません。少しばかり力が強くて、大抵の怪我なら立ち所に治ってしまう、ちょっと便利な身体、だと」

そういうものかと、頷くしかない。

「でも、お気を付けください。不老ではありますが、不死ではありません。胴を断たれたり首を落とされたりすれば、それは屍人の死、魂の消滅です。魂が消えてしまえば転生は叶いません。くれぐれも無茶はされませんように」

青頼は丁寧に茶を注ぎ、匙まで手渡してくる。饅頭《まんとう》はどうか、干した杏《あんず》は食べるかと、小さな子供に甲斐甲斐《かいがい》しく世話をするような献身に、むずがゆくなってしまう。

「自分のことは自分でできるぞ。看病だ投薬だと、わたしは生きているだけで人員も金を食ったからな。身の回りのことは質素倹約が常だった」

聞いた途端、青頼は両手で顔を覆ってしまう。

「健気《けなげ》でいらっしゃる！　冥府では遠慮などされなくて大丈夫ですからね」

「大袈裟《おおげさ》だな」

「そんなことはございません。真君はお世話のし甲斐がないですからね。こうやって腕を振るえるのが嬉《うれ》しいのです。後で衣をお持ちしましょうね。髪結いもお任せください」

「後宮の侍女か？」

　思わず粥を食べる手を止める。

「秘書官など似たようなものですよ。一応、冥府にも後宮らしき場所がございますが、長い間使われておりません。女官がいないわけではないのですが、真君が住まう宮城にはほとんど置いていないのです。人手不足なので」

　本来ならと、言葉を続ける。

「正式に後宮をお使いいただくのがよろしいのですが、すぐに用意できるほど予算も人員もございません。情けない話なのですが」

「なにを言うか。突然押しかけたのはこちらなのだ。礼を欠いているのは承知している。それにたった四十九日だ」

「お心遣いありがとうございます。この殿舎は真君の私的な宮城の一部ですが、お好きにお使いいただいて構いません。真君の許可？　いりません、そんなの」

青頼の言動は親切なのか横暴なのか、いまいち測りかねる。

すっかり粥を食べ終えた後、言葉通りに青い襦裙を一揃《ひとそろ》え用意される。それの着付けが終わると、鏡の前に座らせて慣れた手つきで髪を結ってくれた。本人も会心の出来だったのか、満足そうに宵華の髪に玻璃《はり》の簪を挿す。

鏡を見てひとしきり唸ってから、ふと青頼を見上げた。

「夫はどうしている?」

「まだ寝ています。いつも昼までだらだらと寝台の上ですよ。どうか叩き起こしてくださいませ」

「叩き起こす……」

いかにも妻らしい仕事ではないか。人を起こすなどやったことはないが、何事も為せば成るのだ。奮起して椅子から立ち上がると、青頼は案内を買って出てくれた。

どうやら宮城内は自由に出歩いていいらしい。例によって、真君の許可はいらないと青頼は言う。彼の案内で真君の寝室までやってきた宵華は、そっと室《へや》を覗いた。真君の寝相は悪いようで、寝台からはみ出た上半身が床に落ちている。青頼を見やると、どうかお願いしますと拱手をした。

「叩く!」

つかつかと寝台まで歩み寄り、遠慮なく真君の頬を叩く。吹っ飛んだ長身は壁にぶつかり、ずるずると床に落ちた。ぐきと鈍い音もしたので、首の筋を違えたのかもしれない。しかし青頼は言っていた。神仙というのは極めて丈夫だから、臆することなく遂行して欲しいと。

「起こす！」

構わず宵華は、無理矢理に腕を引く。絶妙な均衡を保ち、奇跡的に二足で立ち上がった真君は白目を剝《む》いていたが、宵華は満足そうに頷いた。

「夫が起きたぞ」

「それはようございました。どうかそのまま、執務室へ放り込んでください」

「よし、任せろ」

意識のない真君を執務室まで引き摺《ず》り、文字通りに放り込む。そして青頼は慣れた手つきで真君の衣服を整えると、椅子に座らせるのだった。ぱんぱんと手を払って、宵華ににっこりと微笑む。

「素晴らしいお手並みでございました」

「妻としての責務は、完璧に果たしただろう？」

「もちろんでございます。花丸百点、文句なしですね」

宵華が来客用の椅子を見つけ、上機嫌で腰を下ろしていると、ようやく真君がはっと息を吹き返す。

「待って！　なんで俺、執務室にいるの!?」

「さあさあ、今日も元気にお仕事しましょうね。お腹が空いた？　そんなこともあろうかと、食事は用意してありますよ。私室で食べる時間がもったいないので、ここでどうぞ。一人で食べられない？　お任せください。本日は貝柱の粥でございます」

言うなり青頼は、真君の口をこじ開けて粥を流し入れる。宵華への対応とは随分な差だ。むせ返った真君は息も絶え絶えに几《つくえ》に突っ伏してしまった。

「鼻から貝柱が……出る……」

「大丈夫か、おまえさま。茶でも飲め」

「ぶっふ……！」

青頼に倣って茶を流し入れると、身に起こった一連の仕打ちを察したのか真君が泣き出した。宵華は妻らしく、よしよしとその頭を撫でた。冥府の王とはいえ、可愛いものである。

「さて、そろそろ崔郭《さいかく》殿が書類を持ってやってくるはずですが……」

青頼が独りごちたそのとき、ばたばたと室の外から足音がする。慌てた様子で駆け込んできたのは、紫の官服の官吏だった。彼が崔郭なのだろう。宵華に気付く余裕もないのか、真君を見つけるなり「おお！」と歓声を上げた。

「真君、今日はこちらの執務室においでなのですね！　ようございました！」

「な、何事……？　捺印《なついん》くらいなら粛々とやってもいいけど。殴られそうだから」

「恐れながら、判をいただくよりも優先せねばならぬかと……」

「どうかしたのですか？」

　青頼が尋ねると、崔郭はほとほと困り果てたと顔を歪ませた。

「大変なのです。府殿《ふでん》の外に亡者が何百と集まっておるのです。『いい加減にしろ！』『亡者の権利を主張する！』『真君を出せ！』と口々に抗議の声を上げ、府殿に官吏が出勤できぬ騒ぎで、業務に差し支えが出ております。今にも官吏に摑みかからんとする勢いでございまして」

「いよいよ真君の悪評が酆都《ほうと》に広まったんでしょうかね」

「酆都の住民全員というよりは、地獄行きの沙汰が下った亡者がほとんどでして……」

「地獄行きの？」

　どういう意味かと青頼は首を傾げる。宵華がちらと真君を見ると、さして危機感もないのか大あくびだ。見咎《みとが》めて宵華は、その耳を引っ張った。

「ぎゃー！　耳が千切れる！」

「そういう態度が反感を買っているのではないか？」

　床を転げ回る真君と宵華を交互に眺めて、崔郭はようやく気付いたらしい。

「青頼殿、こちらの方は？」

「真君の花嫁です。昨日結婚いたしました。このたび、真君代理を引き受けていただけることになりまして。真君が対応できない案件は、ここにいらっしゃる宵華様のご判断を仰げば、万事解決です」

「花嫁？」

真君に問うも、「あぁうん。そういう感じでいこうかと思う」と曖昧に呟く。

「はぁ」

意味はよくわからなかったが、この際、事態を収拾できるならどちらでもいい。そう判断したのか、崔郭は二人に深々と拱手を上げげた。

「では宵華様。どうか怒る亡者たちの話を聞き届けてやってくださいませ。このままでは冥府が止まってしまいます。冥府の危機でございます！」

危機、という単語に、宵華は思わず真君に視線を投げる。だが、こちらは目を合わせてくれない。次いで青頼を見上げると、彼は拳を握って鼓舞する姿勢をとった。それならと、裙の裾を払って立ち上がる。

「承知した。この宵華、愛と正義を持って、亡者たちの言葉を受け止めよう！」

敬愛する焔崇《えんすう》なら、きっとこう言うだろう。脳裏に浮かぶ幻影を追いかけて、宵華は英雄への一歩を踏み出した。

崔郭の言っていた府殿とは、役所のことだという。冥府を動かす為の部署が集まっている、冥府の要たる宮城だ。真君が住む宮城の、目と鼻の先にある。慣例では、冥府の王は府殿の執務室で仕事をするものだが、真君の代になってから様子が変わった。真君が府殿へ出勤しないものだから、住まいの宮城にも執務室を整えることになったのだ。だがそこにすらも姿を現すことは稀《まれ》で、冥官の中には真君の顔を知らない者も多いらしい。

そんな事情を聞かされながら、宵華は府殿へ場所を移す。途中で真君が逃げだそうとしたので、襟首を摑んで引き摺った。逃げ出すほどとは余程の理由があるのか、ただの怠け者なのか。はっきりしないが、今はとりあえず執務室の椅子に座らせることが急務だ。亡者たちは『酆都真君《ほうとしんくん》』に用があるのだから、居てもらわなくては困る。どこからか青頼が持ち出した縄で、椅子に縛り付けておいた。

体裁は整った。亡者たちの代表と名乗る人物を呼んでくると、崔郭は急ぎ足で出て行ってしまう。そして代わりに現れたのは、すらりと背の高い、艶のある美女だった。

青頼が勧めた椅子に座ると、悠然と足を組んでじろりと一同を眺める。

「あんたが酆都真君かい？　……随分とまぁ、濁った目をした男だね」

「その通りです。濁った目をした真君とは俺のことですが、どんなご用件で？」

声が震えているのは、宵華が握った拳をちらつかせているからだ。いつでも制裁可能である。覇気のない返事に苛《いら》ついたのか、彼女は眉を上げて几を両手で叩いた。

「言いたいことは一つ！　あんた、現場の管理は真面目にやってんの!?」

美女の迫力に気圧《けお》され、真君はひぃと口の中で悲鳴を上げた。対して青頼と宵華は「やっぱり」と顔を見合わせる。真君の職務放棄で、地獄の管理が行き届いていないのだ。夫の不始末は妻の不始末。宵華はおずおずと一歩前に出る。

「話を聞くぞ」

「あんた誰？」

「真君の嫁の宵華と申す。夫の不出来を詫《わ》びよう。そして、そなたたちの怒りの声を聞き入れ、善処することを約束したい」

「嫁？　真君の后《きさき》ってこと？　初耳だけど……まぁいい。あたしは栄麗《えいれい》、地獄行きになった亡者の代表をしている」

まじまじと宵華を見る。子供だが、逃げ腰の真君よりは話になりそうだと、栄麗はため息をついた。いつの間にか青頼がお茶を淹れていたのか、卓に置かれた杯を受け取って、栄麗は口を付ける。

「地獄行きの亡者は罪人も同然。しかし罪人とはいえ、我慢できないことがあるんだよ」

「地獄の責め苦か……辛いものだろう。行き過ぎた行為があったのだろうな」

　生前に罪を犯した者は地獄へ落ちる。釜で茹でられるとか、刀剣の山へ登らされるとか獰猛《どうもう》な獣に喰《く》い千切られるとか。さぞや苛烈なものだろうと、宵華は想像するしかなかった。しかし栄麗は、顔を曇らせる宵華にぴしゃりと言った。

「いや、逆よ」

「逆？」

「ぬるいのよ」

「私のお茶ですか？」

　それは失礼しましたと一礼する青頼を、栄麗は一瞥した。

「違うわよ。地獄の責め苦がぬるいって言ってるの。お茶は美味《おい》しいの、ありがとう」

「責め苦がぬるい？」

「そうよ。まぁ、地獄行きになったってことは、それなりの罪が生前にあったんだ。それはあたしたちも、重々承知している。責め苦を受け入れ、罪を償おうって心意気を持っている亡者たちも多いのよ。それなのに……」

　ばんと、卓に杯を叩き付けて、栄麗は身を乗り出す。

「最近の地獄の鬼卒《きそつ》ときたら真面目にやらない！　釜茹での火力は弱い、まるでぬるい風呂だ。剣の山の刃はこぼれ、獣は肥え太り懐いてくる。鬼卒も巡回にも来ないで昼間から酒を飲み、ぐうたらと過ごす始末だ。やる気がない！　まるで今のあんたみたいに！　どうなってんだ！」

栄麗は真君に摑みかかり、ばしんと平手打ちをかます。

「いやぁ！　痛い！　青頼、どうなってんの!?」

「現場の冥官から報告は上がってますよ。見ていないんですか？」

「見るわけないじゃないか、この俺が」

きっぱりと言い切った真君に、再び平手が飛ぶ。今度は椅子ごと転げてのたうち回るので、見かねて宵華がひょいと椅子を持ち上げた。

「おまえさま大丈夫か？　しかしこれは自業自得だぞ」

「責め苦がぬるいって……別にいいじゃないか。痛い方が嫌だろ？　亡者だって斬られれば痛いんだよ」

知ってるでしょ？　と訴えるも、栄麗の怒りの火に油を注ぐだけだった。

「亡者には責め苦を受ける権利があるんだよ。それを無視しようってのかい？　よしわかった。あんたがその気なら、出るとこ出てやるからな！」

「出るとこ？　どこそれ？」

真君が問い返すと、栄麗はびしっと指さした。

「玉京に訴えてやる！　あんたの怠慢を論《あげつら》って、どんな手段を使ってでも玉京に報告してやる！」

「駄目ー！　玉京はまずい！　今はまずい！　やめてくださいお願いします！」

「じゃあどうにかしろ！　亡者舐《な》めるな！」

それだけ言い捨てると、栄麗はぷんすかと室を出て行ってしまった。

残された真君は腫れた頬を押さえて、ぐったりと几に項垂《うなだ》れる。

「……今、玉京はまずいって。回り回って天帝に屍人の存在がバレてしまったら、虫ケラにされちゃう。それだけは嫌……絶対に嫌……」

ぶつぶつと呟いているが、あくまでも自分本位だ。宵華は大きく息をついて、真君を覗き込んだ。

「おまえさま、それでも冥府の王か？　自らの罪を悔いようという亡者の気持ちをないがしろにするな」

「そうは言ってもね、宵華ちゃん。誰だって責め苦は嫌でしょう？　茹でられたり刺されたり、痛い思いをしたいって言う亡者の気持ちの方がわからないよ？」

「自分への罰だという自覚があるのだ。その為の責め苦なのだろう？　なんの為に亡者の裁判をするのだ？　なんの為の冥府か？　王の役目とは、冥府を粛々と動かすことではないのか？」

「俺、そういうのに興味ない」

「…………」

話にならないと、真君の襟首をむんずと捕まえて、引き摺り出す。そのまま室を出て行こうとする宵華に、青頼は涼しげに声をかけた。

「どちらへ？」

「まずは現場を見てこようと思う。おまえさまも来い。わたしに一任するとはいえ、おまえさまも自分の目で確かめるのだ」

「行かないぞ！　俺は仕事はしないんだ！」

抗議はするものの、宵華の力には敵わない。一通り暴れてから、これは無理だと悟ったようだ。真君はこれ以上引き摺られないよう床に爪を立てて、意外なことを口にした。

「わかった！　わかったからちょっと待って！　青頼、官服を用意して。一番下っ端のやつでいいから！」

「はぁ、官服ですか？　構いませんが」

少々お待ちくださいと、不思議そうに首を傾げながら青頼はどこかへ行ってしまった。少しでもその気になってくれたのかと、宵華はようやく真君の袍から手を離す。

「仕事をする気になったのか？」

「仕事はしない」

「おまえさまよ……」

「『真君』として仕事はしない、と言っているんだ。新入りの冥官に扮《ふん》してなら……様子を見に行くくらいならしてもいい。俺の虫ケラ転生もかかってることだしな」

どういうことかと首を傾げるが、真君はそれ以上言わなかった。とはいえ、なにか矜恃の欠片のようなものに触れたのだと、宵華は感じた。ただの怠け者ではないのだ。確かに理由がある。しかし、その核心には触れさせたくないという意思はあった。

「昨日今日で夫婦になったのだからな。言いたくないこともあろう」

「結婚の件は俺……それほど納得してないんだけど」

「よかれと思ったんだぞ。おまえさまは不甲斐ないし、冥府も放っておけん」

「例の英雄みたいに勧善懲悪の働きがしたいんだろう？」

問われて、一瞬言葉に詰まる。

「……悪いことではあるまい？　悪を罰して正義を成すのだ、誰も困らない」

「英雄なんてな、そんなに立派なもんじゃないぞ。どんだけ祭り上げられても一人の人間だ。中身はろくでもない、なんてよくある話だ」

「焔崇は立派な方だ。誰に恥じることもない偉業を多く成し遂げた大将軍だぞ」

「どうだかな」

随分な言いようだ。焔崇の行いを見てきたとでも言うのだろうか。宵華はむっとして目をつり上げる。

「おまえさまには、今度じっくりと焔崇の素晴らしさを語らなければならないな」

「それはいらない。全くいらない」

視線を外して白けた顔をする。焔崇を侮辱された気がして、英雄の伝説をなにから話そうかと吟味していると、早々に青頼が戻ってきた。手には青い官服が二着。官吏は着る官服の色で、その位を示す。青というのは最下級の色だ。

「宵華様もこちらにお着替えください。きっとその方が動きやすいでしょうから」

「ふむ。確かに」

真君の嫁だと触れ回っても、あまり利点はないだろう。隣室で着替えて執務室に戻ると、着替えた真君が背中を丸めて立っている。最下級の冥官と言われても違和感がない。覇気のない感じが特にだ。その袖を引いて、今度こそ元気よく室を出発する。

「よし、地獄へ行くぞ」

「……ちょっと様子を見るだけだからね。深入りはしないからね!?」

宵華の後ろを渋々とついて歩く様子に、青頼は「いってらっしゃいませ」とひらひらと手を振った。無理矢理とはいえ、自らの足で仕事に赴く真君を見送るなど、初めてかもしれない。茶器を片付けながら、青頼は感慨深げに呟いた。

「今夜はお祝いですね」

亡者とそれを管理する冥官が住まう酆都から、下ること四万由旬《ゆじゅん》。奈落の底に広がる地獄は広大である。見上げれば赤黒い空が広がり、見渡す限りの稜々《りょうりょう》たる焦土の山。所々に煮え立つ血の池が広がり、どこからともなく噴煙が上がる。

酆都は人間が営み暮らす生者の世界だったが、生前の罪を裁かれた罪人が苛烈な責め苦を負う地獄は、まさに死の世界である。あくまで一見すると――だが。

自称『有能な秘書官』である青頼は、地獄への移動手段の都合もつけてくれた。用意された馬車から降りた宵華は、地獄をざっくりと眺めて息をつく。

「ここが地獄か？　思ったより平和そうだ」

正直、地獄っぽいのは風景だけだ。責め苦を負うはずの亡者の姿は見えず、それらしい悲鳴も聞こえない。長身を屈《かが》めてのそのそと馬車から降りてきた真君も、辺りを気怠げに見回す。

「地獄送りになった亡者は、毎日酆都から地獄へ通うんだ。朝起きて地獄へ行って責め苦を受け、夜に帰宅する。翌朝になったらまた地獄へ向かう。刑期を終えるまでそうやって過ごすはずなんだけど……誰もいないな」

亡者はおろか、鬼卒と呼ばれる地獄専任の冥官の姿もない。宵華は青頼から渡された紙を広げた。あの短時間でどう仕込んだのかは知らないが「地獄の見取り図です」と直筆の絵まで添えられている。主人に似ずに勤勉だ。

「ここはどこになるのだ？」

「最下層の無間地獄《むげんじごく》。一番やらかした罪人が落とされる場所だよ。地図で言うところ」

とんとんと、真君は地図の一端を指す。ここは無間地獄のど真ん中らしい。もう少し移動すると、青頼の地図曰《いわ》く『観光名所』がある。目指せ、という意味か。

「よし、ならば歩いてみよう。このままここにいても、なにもわからん」

「えぇ……馬車で行こうよ。歩くとか怠い。足が痛くなる〜。嫌だ嫌だ嫌だー」

「おまえさまは、歩くことですら拒否するのか？　あくせく働けとは言わないが、歩くくらいいいだろう」

「……歩かなかったら尻を蹴飛ばすんだろ？　わかってるぞ」

もうすっかり諦めた様子で、とぼとぼと歩き出す。しかし速度は牛並みだ。仕方がないと、真君の手を引いてやった。

「まったく、手のかかる夫だな。まるで子供ではないか」

「いいんだよ、その辺に捨て置いてくれても。大人しく待ってるから」

「結婚したばかりの夫を地獄に捨て置くなど、人道に反する。焔崇がここに居たなら、きっとおまえさまの手を引いただろう」

「焔崇がね……」

そう呟いて、真君は大きなため息を吐く。そんなに歩くのが嫌なのだろうか。無理に付き合わせている罪悪感がないわけではなかったが、渋々でも一緒に歩いてくれるほどには嫌われていないのだろう。そう考えて、黙々と真君の手を引いた。

「わたしはな、生まれついて病弱だった。長くは生きられないだろうと医師に言われたが、なんとか命は十三までは繋《つな》いだ。いつ死ぬかもしれないと怯《おび》えながらな」

「そういや、病弱とかなんとか言ってたな。本当だったんだ」

「しかし、皇女として役目は果たせないだろうと諦めていたのだ」

「役目って……どこかへ嫁ぐってこと？」

「そうだ。政治の道具と言われようが、他国へ嫁いで世継ぎを産む。それが皇女としての役目だ。姉上のように即位する例もあろうが」

「まぁお姫様なら、それが普通かなぁ」

「こうやって、おまえさまに嫁ぐという大役を任されて、わたしは嬉しいのだ。ようやく人並みの幸せを手に入れたのだから」

真君の手は宵華に引かれるがままだ。嫌がるでもなく、宵華の手を握るでもない。

「……本当に幸せ？　些細なことでも、他にやりたいことがあったんじゃないの？」

問われて面食らう。そんな疑問など持ったことがない。いや、持つことは許されなかったのだ。

「……やりたいことなど考えたこともない。それに幸せだとも。結婚という大役だけでも余りある光栄なのに、なんの不調もなく目覚め、こんな荒涼とした地を自分の足で歩けるのだ。屍人がどうした。感謝しかないぞ」

「そもそもなんで、冥府へ嫁ぐなんて話になったんだよ。それって、身内から『生け贄になれ』って言われたってことだろ？」

少しだけ振り向くと、真君は顔を顰めていた。酷い話だと、そう言いたそうだ。

その気持ちもわかる。こんな子供に国の運命を託すなど、博打《ばくち》も同然だっただろう。

しかし皇帝である姉は、その博打に勝ったのだと確信している。冥府という場所は、確かにあったのだから。

「姉上の決定は絶対だ。流行病に困窮する穹にとって、当然の決断だろう。疑う余地などない。身内の荷物になってただ死んでいくわたしの運命の光明だ」

「もっと他に方法があったんじゃないのかね」

「おまえさまは知らないかもしれないが、その昔も、穹では病が流行ってな。医師も為す術がなく民は次々と倒れ、無残な光景だったそうだ。しかし、穹の行く末を案じた焔崇が冥府へ召し出され、王に直訴なさったのだ。結果、流行病は消えて穹に平和が戻った」

「……それでか。なんだ、その英雄が全ての原因じゃないか。おかしな前例を作ったから、あんたが生け贄になる羽目になったんだ」

真君は鼻で笑って吐き捨てた。悪意のある言い方に、宵華は思わず足を止める。

「おまえさまは焔崇が嫌いか？」

「好きにはなれないね」

「お会いしたことがあるのか？」

「……いや、会ったことはないが」

言い淀《よど》んでから、視線を余所に向ける。

「焔崇さえいなかったら、あんたは死なずに済んだんだ。冥府の王が焔崇の願いを聞き届けてしまったから、あんたは冥府に嫁入りしなくちゃならなくなった」

「そうしなければ穹の民がもっと死んでいくんだぞ」

「たまたまだったかもしれないぞ。病ってのはな、流行ったら収束するもんだ。焔崇が冥府へ行っても行かなくても、あんたが死んでも死ななくても、流行病は収まったかもしれない」

「……そうなのか？」

口にしてから、しまったと真君は口を噤《つぐ》む。それが答えなのか。自分の死は、意味がなかったのだろうか。唯一信じていた心の灯火が、消えてしまうような気がした。

それを誤魔化すように、今度は真君が力強く手を引いて歩き出す。

「例えばの話だ。今回の件はあれだ。青頼が玉京に話をつけてくれるから、あんたの死は無駄じゃないぞ」

「本当か？」

「それでもな、冥府の王に嫁ぐとか……俺の所為で誰かが死ぬなんてのは、いい気はしないもんだ」

見上げると、真君は少しばかり厳しい目をしていた。

「怒っているのか？　わたしが勝手に嫁いできたから」

「……別にあんたに怒ってるんじゃない。それに、今更どうこう言っても仕方ない。あんたは死んだんだ。それは覆らない」

「……浮かれていたのかな、わたしは。人並みに結婚して夫を得て、穹も救われる。なにもかも報われた気になっていたのだ。勝手に期待して舞い上がっていたのかな」

不意に重りがついたかのようだった。踏み出す足が止まる。

「おい、急に落ち込むな！　希望を持て！　なにはどうあれ、あんたは冥府に来て玉京への糸口を摑んだんだ。あとは青頼がいい感じにしてくれるから、ね？」

仕事は全力で拒否するが、根は優しいのだ。真君の気持ちにようやく触れた気がして、宵華は頷いた。

「たった四十九日の夫婦ごっこだ。憐れと思って付き合ってくれ」

「夫婦ごっこね。ろくでなしの甲斐性なしだけど、それでもいいんならな。ほら、大丈夫か？　抱っこする？　おんぶがいい？」

そう言って真君は腕を出してくる。かちんときて、反射的にその顔面に拳を叩き込んだ。

「子供扱いするな！　わたしはあくまで、妻だ！」

吹っ飛んだ真君は、白目を剥いてだらりと長身を投げ出している。優しいのは理解したが、そこは譲りたくない。可愛い乙女心である。

しばらくして意識を取り戻した真君が、ぶるぶると震えながら唸る。

「俺のお嫁様よ……ほら、誰かいるぞ」

真君が投げた視線の先、確かにちらほらと人影が見える。少しくたびれた服から、亡者だろうと判断できた。十人ほどで大きな釜を運び出し、火を熾《おこ》して湯を沸かしている。なにをしているのかと傍観していると、こちらに気付いた亡者の一人が、大きな声で呼びかけてくる。

「おい！　あんたら鬼卒だろう!?　サボってないで薪《まき》を運んでくれよ！」

「薪？」と宵華が辺りを見回すと、亡者たちが次から次へと薪を運んでくる。手伝えばいいのかと、素直にその列に加わって薪を運び、火にくべていく。火の勢いはどんどん増し、釜の湯はぐつぐつと煮えたぎってきた。肉体労働は嫌だと真君の顔が告げていたが、ここで怪しまれては冥官に扮した意味がない。渋々と薪運びに参加して、釜が真っ赤になるまで熱していく。

「なにすんの？　炊き出しでも始まるのか？　その割には食材は見当たらないが」

真君が面倒そうに腰を落とすと、亡者はぺっと唾を吐き出した。

「馬鹿言え！　こうするに決まってんだろ！」

言うなり、亡者たちは釜の中にぎゅうぎゅうと押し入り、自ら茹でられるのだ。

「あんたらが真面目に仕事をしないから、俺たちで釜を沸かすしかねぇんじゃねぇかよ！　ふざけんじゃねぇぞ！」

「給料もらってんだから釜くらい沸かせよな！」

宵華と真君に向かって『この給料泥棒が！』と怒声を飛ばす。ようやく合点がいって、宵華は低く唸った。

「自給自足にも程があるぞ」

「なに？　今の鬼卒はここまで怠けてるの？」

どうやらここの亡者は生真面目らしい。鬼卒が仕事をしないので、自ら責め苦を用意しているのだ。『こんなもんじゃ悔い改められねぇぞ！』『もっと沸かせ！』とあくせく動き回る始末である。目の当たりにした真実に、真君は唸っている。

「……予想外だぞ。ここまで適当だとは思わなかったな。給料分の仕事くらいはしてると思っていたが」

「栄麗が言っていた通りだ。鬼卒がまるで仕事をしていないのだな」

「待てよ。ここだけかもしれない。他の様子も見てみよう」

さすがに危機感を持ったのか、真君は先頭に立って歩き出した。

青頼の地図によると、ここが第一の観光名所である。近くには第二の名所があって、こちらには『注目！』の赤文字。必ず見てこい、との青頼の指示だ。側に動物の絵が添えられているが、犬なのか猫なのか判別できない。

「青頼は仕事はできるが、絵は下手だな」

歩きながら「わたしは豚だと思う」と宵華が笑うと、真君は「狸《たぬき》じゃないのか」と真顔だ。

「あいつはな、先代からずっと秘書官をやってるんだ。元々ふざけてるのか真面目なのか摑めないやつだったが……俺の代になってから、あのざまだ」

「見かねたのだろう。おまえさまが余りにも頼りないから」

「だからといって、主君の口に粥を流し込むやつがあるか？」

「手のかかる子ほど可愛いと言うやつだ。愛されてるんだぞ」

期待の表れだと言うと、真君は渋い顔をした。

今までされてきた悪行とも善行とも判断のつかない青頼の所業を聞きながら、しばらく歩くと、青頼の絵の意味がわかってきた。

ごつごつと岩が並ぶ平地に、大きな獣が何匹も横たわっていたのだ。馬ほどもある巨体の狼《おおかみ》や虎が、やってきた宵華と真君を値踏みするように鋭い視線を投げてくる。

地獄の獣たちの注目を一身に浴び、さすがに宵華も一歩下がる。

「……ここはあれか。獣が亡者を食い散らかすという、責め苦か？」

「無闇に近づくなよ。躾《しつけ》なんかされてないからな。目を合わせれば襲ってくるぞ」

意思の疎通など不可能な獣だ。屍人や神仙といえども襲われれば大惨事。珍しく気概を見せて、宵華を背に真君がじりじりと後退する。しかし獣は敏感だ。やおら立ち上がり、大きな前足を踏みならす。いつでも飛びかかれる姿勢を見せたのは、目の色を変えた狼だった。当然のように宵華が真君を背に庇《かば》う。

「離れていろ、おまえさま。いざとなったら、わたしがあいつをぶっ飛ばす」

「そうですかと譲れるか。俺にもな、いっぱしの勇気があったりなかったり――」

不意に狼が飛び上がる。結婚したばかりの夫を盾にする気など、宵華には毛頭なかった。真君を突き飛ばし、狼を迎え撃つ。はずだったが――。

狼は宵華の目の前に着地すると、そのままごろんと腹を見せて転がったのだ。ふさふさの尾を勢いよく振っているのは、喜んでいるのか。狼ははっはと口角を上げて、無邪気に舌まで出している。

「おお……なんだ。遊んで欲しいのか？」

可愛いではないかと、毒気を抜かれて腹を撫でてやろうと宵華が近づく。すると聞いたことのある声が飛んできた。

「そこの鬼卒！　手を出すんじゃないよ！」

どどどと砂煙を上げて走ってくるのは、栄麗だった。そのまま腹を見せたままの狼の尻を叩き上げる。

「野生を思い出せ！」

ばしーんと高らかに鳴る平手の音。狼は文字通りに尻尾を巻いて、耳を伏せる。身体を縮こまらせた狼を見かねて、宵華は一歩前に出る。

「可哀想ではないか。いじめてやるな」

「ああ!?　あんたたちが甘やかすからこの様……って、あれ？　見た顔だね」

官服を着ているとはいえ会ったばかりの顔だ。栄麗は気付いて、両手を腰にあてた。

「冥府の王とその后が、そんな格好でなにやってんだい？」

「視察だ。まず現状を知らねば動きようがないだろう？」

「ふぅん」

栄麗は宵華の背後に視線を向ける。そちらでは、ごろんごろんと地面で身体をくねらせる虎を、真君が撫で回していた。その手を栄麗がはたき落とす。

「痛ぇって！　暴力反対です！」

「だから！　あんたたちが甘やかすから、こうなったんだろうが。見てみろ、この獣たちの身体を！　よく見てみれば可愛いじゃないかって鬼卒が餌をあげすぎて丸々と太っちまったんだよ！　これでどうやって亡者を襲うって言うんだ!?」

手を押さえた真君が、涙目で辺りを見回す。確かに、集まってきた獣たちは我先に撫でてもらおうと、ごろごろ喉を鳴らして腹を見せている。空腹で亡者を襲うなど、到底しないだろう。

「あぁ……鬼卒がね。うんやっぱり鬼卒の責任か……」

「延《ひ》いてはあんたの責任だろうが、他人事みたいに言うな」

真君を睨み付けて、栄麗は遠巻きに見ている亡者たちに叫ぶ。

「おい、一組！　ここの獣を散歩に連れていけ！　腹を空かせるまで一刻は帰ってくるんじゃないよ！」

「はい、姐《あね》さん！」

「二組は向こうの獣に訓練を付けろ！　どうにか人を襲わせるんだよ！」

「はい、姐さん！」

名実ともに、栄麗は一帯を統率しているのだ。数十人の亡者たちはてきぱきと指示通りに動いていく。獣たちに鎖を巻き、宵華と真君に遊んでもらおうとだだをこねる獣たちを引き摺って行ってしまう。

やはり、地獄らしからぬ光景だ。真君は名残惜しそうに見送って、背中を丸める。

「いやぁ、ここの亡者はみんな勤勉だね。そんなに頑張らなくてもいいだろうに」

「あたしの言うことを聞いて、真面目に責め苦を受けようって亡者は一部だ。ほとんどの亡者はこれ幸いと、好き勝手やってるんだよ」

「好き勝手？　責め苦をサボってんの？」

「……真君よ。酆都の現状を知ってるかい？」

ため息をつく栄麗に、真君は「現状？」と問い返す。

「あんたのことだから、知らないだろうけどね。責め苦がないってのは、罪人が自分の罪を省みないってことだ。自省しないんだから、生前そのままの行動を酆都でもやるんだよ」

「まぁ、そうだね」

「盗みに殺しに詐欺に暴行。生前の罪そのまんまを酆都でもするんだ。おかげで酆都の治安は悪化する一方。善良な酆都の住民が困り果ててんだ」

「窃盗」と宵華が繰り返す。

酆都に来てすぐの宵華を襲ったのは、責め苦を怠けている亡者だったのだろう。あんなことが頻発していては、ただ暮らしていくだけでも難儀だ。

「おまえさま、死んでから後も暴徒に怯えるなど、あんまりだ。今以上に酆都が荒れてしまったら、遠からず玉京に聞こえてしまうぞ。爆発四散して虫ケラだぞ」

「そうだぞ真君。あたしたちが訴えるまでもなく、天帝が動くかもしれない。なんせ冥府が意味を成していないからだ。そうだろ？」

『玉京』という単語を出せば、今の真君には嫌でも響く。それを学習した宵華と栄麗は、ちくちくと責め立てた。これは効いて、真君はぶつぶつと呟く。

「地獄が機能してないなんてバレたら、確かに天帝から冥府の意義を問われる。それはまずいんだよな……」

「ならやはり、鬼卒を少し調べようではないか。地獄へ来てからこれまで、一人も姿を見ていないのも気になる」

「庁舎が向こうにある」と栄麗が指をさすので、ここまで来たからには力尽くで真君を引っ張ることにする。栄麗に「任せろ」と胸を張ってから、真君の襟首を摑んだ。

大丈夫かと不安そうな栄麗に見送られ、ずるずると長身を引き摺ることしばらく。

暴れても無駄だと悟った真君は、されるがままに腕を組む。

「俺だって虫ケラは嫌なんだ。ちょっと鬼卒に話を聞いてみるだけだぞ。軽くな」

これは仕事じゃなくて確認してるだけ、とよくわからない言いわけも加える。

「仕事はしたくないのに、冥府の意義を問われるのはよろしくないのか？　矛盾しているな」

「……冥府の意義が問われるってのは、天帝が『冥府は不要だ』と判断するってことだ。冥府がなくなったら……あの人が帰って来る場所がなくなるからな」

「あの人？」

「先代だ」

ぼそりとこぼして、真君はようやく自力で立ち上がる意欲を見せた。官服の土を払って宵華の後ろを歩きながら、真君は重く息を吐く。

「昔、先代に連れられて地獄を視察に来たことがある。責め苦から逃げだそうとする亡者なんかいなかった。鬼卒にも厳しい規律があって、怠けようなんて考えもしなかっただろうよ。おそらく地獄として理想の姿だったと思う」

「先代とおまえさまと、なにが違うのだ？　同じ冥府の王だろう？」

「同じなものか」

どこか自嘲するように、真君は笑う。

「俺とあの人じゃ、なにもかも違う。別に卑下してるわけじゃないぞ。俺は元々人間で、あの人は生まれついての神ってのもあると思うが」

「違うのか？」

「違うね。あの人は、なにをしても完璧だった。ほら、あんただって言ってただろ？　言い伝えの冥府の王の話。あれは本当だよ。公明正大で完全無欠。誰だって憧れる」

　ちらりと振り返ると、真君はどこか余所に視線を向けていた。でもその中に、確かに尊敬の念があるようにも見える。

「あんたは運が悪かった。俺じゃなくて、先代が現役だった頃に嫁ぎに来ていれば、こんな苦労はしなかっただろうに」

「おまえさまは……先代が好きなんだな」

「好き？」

「わたしが焔崇を好きなのと、同じだ」

　真君は一瞬呆《ほう》けた顔をしたが、すぐに破顔した。あまりに無邪気に笑ったので、少し面食らったくらいだ。

「あぁ、確かに。同じかもしれない」

「わたしなら、焔崇に誇れることをするぞ。おまえさまも、先代に恥じないよう仕事をすればよいのに」

「あんな風にはなれない。それに、俺じゃ駄目だ。そもそも王の器でもない。先代が戻るべきなんだ」

「戻る?」と問い返すと、真君は口を噤んでしまった。話しすぎたと、その顔が言っている。真君が仕事を嫌がるのはこれなのか。宵華はなんとなく思い至った。自分は王の器ではないと逃げているのは、先代に戻ってきて欲しいから。

だが王が交代するには、それなりの理由があっただろう。後任に真君が選ばれたことにも、理由があるはずだ。少なくとも、後を任せるほどには信用があった。それなのに、厚意を無にして真君はその役から逃げようとしている。

それがどうにも解せなかった。

もし焔崇から後を任されたなら、自分なら……まず喜ぶ。尊敬する英雄に認めてもらえたのだと。そして励む。期待を裏切らないように。そうすることになんの躊躇《ちゅうちょ》があるだろうか。

だからと問いただしたところで、真君は説明などしないだろう。不可解だと顔を顰めたまま、宵華は歩を進めるしかなかった。

やがて見えてきたのは、無間地獄を管理する庁舎。小さな城の大きさはある。官服がちらほらと行き交っているので、まるで機能してないわけではなさそうだ。しかし誰もが緩慢で、顔の締まりはない。宵華と真君が建物に立ち入っても、咎める声もなかった。かった。関係者ですという顔を装って、宵華はきょろきょろと見回す。

「そこそこの人数がいる。出勤してはいるんだな」

「出勤だけしてるってのが正しいかも。さて、誰から話を聞こうか」

真君は面倒そうに手近な室を覗いてみる。途端に鼻をつく酒の香り。人目を避けるでもなく青い官服の男が三人、卓を囲んでいた。散乱する酒瓶に、交わされる杯。赤ら顔の鬼卒たちから漂う酒臭さに、宵華は「ほぅ」と唸った。

「酒というのは、ああも陽気になれるものか？　一度試してみたい」

「地獄がぶっ壊れそうだから止めて」

「なにはともあれ、事情を知らねばなるまい。もし、そこの鬼卒たちよ。話を聞かせてくれないか？」

宵華が声をかけると、やっとこちらの存在に気付いたらしい。鬼卒は杯を置いて、怪訝《けげん》な顔をした。

「なんだ？　あんたらも一杯やるか？」

「酒はいらんが尋ねたい。どうして仕事もせずに酒を飲んでいるのだ？」

「宵華ちゃん……！　もっと他に聞き方があるでしょ!?」

聞かれた鬼卒たちはぽかんとして、それからすぐに笑い出した。

「今日日、真面目に仕事をする鬼卒なんて、いやしないって」

「どうしたおまえたち、新入りか？　新人なら酒を注げ、今すぐ」

乱暴に突き出される杯と、明らかな嘲笑。むっとして宵華が口を開こうとしたが、すかさず真君が間に入った。

「いやぁ、今日付で配属になったんですよ。右も左もわかりませんので、どうかご教示いただきたい。あ、酒も注ぎますね」

調子よく言って、酒瓶を手にする。これが冥府の王たる姿なのかと憤慨しそうになったが、真君は「黙っていろ」と視線を寄越してきた。

「お、いいね。出世するよ、君は」

「とかく今の鬼卒はな、真面目に仕事してれば馬鹿を見るんだ」

「ほぉほぉ、そりゃまたどうして？」

なみなみと注がれた杯をあおり、鬼卒が上機嫌に弁舌をふるいだす。そういえば、真君は酒場へ入り浸りだと、青頼が言っていた。酒の席の振る舞いは慣れているのだろう。少なくとも、宵華よりは上手《うま》く立ち回れる。そう信じて、怒りに震える拳を押さえた。

「どうしてと問われれば、評価されないからさ」

「評価？」

「新人よ。阿傍《あぼう》に会ったか？」

「阿傍？」

聞いたことがあるようなないような。素でそんな顔をする真君に、鬼卒たちは口々に言い募る。

「鬼卒の長だよ。地獄の冥官全員を仕切る、諸悪の根源さ。腰に牛頭《ごず》の面を下げているから、すぐにわかる」

「酆都真君の最大の失策は、阿傍を鬼卒長に任命したことにある！」

「そうとも。あの俗物が鬼卒長になってから、地獄は様変わりをした！」

一瞬だけ言葉に詰まったが、すぐに笑みを浮かべ「それで？」と真君は先を促す。

「どれだけ勤勉に亡者を責めても、意味がないのさ。阿傍は私腹を肥やすことしか頭にない。真面目にやろうが怠けようが、我々の評価と給金になんの影響もない。もちろん、昇進なんて夢の話だ。待遇がよくなるわけでもない」

「そうは言っても、罪人が酆都で暴れるじゃないですか。治安が悪くなればそこに住む先輩方も困るでしょうに」

「現に治安は悪いさ。しかしどれだけ奏上しようとも、真君はこれっぽっちも聞き届けないときた。次第に阿傍は我々の声を握り潰し、我々の手柄を全て横取りする。結果として阿傍の評価ばかりが上がり、下の鬼卒は無能だと真君に報告する」

「つまりは真君も、阿傍の悪事の片棒を担いでいるんだ」

じとっと真君を一瞥してから、「悪事とは？」と宵華が問う。

「地獄にはちゃんと予算が下りてる。地獄のいろんな設備……釜茹での釜も薪も、刀剣の山の整備や獣の世話も、金がかかるんだ。だが阿傍が、それらを片っ端から削る。削るから地獄のあちこちが機能しなくなる」

「そして削った予算を着服している。俺たちは無能だと上に報告して、給金を減らしそれも私財にしている」

「やってられんよ。その悪事を咎めないってことは、真君も同罪だ。この先も改善など有り得ん」

だから酒を飲むしかないと、鬼卒たちはくだを巻く。もう一度真君を見やると、ばつが悪そうに目を合わせない。

真君の下に報告はあったのだ。しかしまともに取り合わなかった。仕事は嫌だと、見て見ぬふりをしてきたのだろう。結果、自分の首を絞める羽目になったのだ。

ここの鬼卒たちも、根っから不真面目なのではない。きちんと職務を遂行しようという、志はあったのだ。その芽を摘まれ、やる気を削《そ》がれ、未来も奪われた。当然、心が折れるというものだ。

問題は、その阿傍という鬼卒だ。目の前に真君がいるのだから、糾弾すればよい。

宵華が考えていたとき、室の外から粗野な声がかかった。

「おい、なにをしている」

現れたのは、緑の官服を着た巨漢。青の官服よりも位が上の官職だ。無造作に生やした髭《ひげ》は下品だし、酒気を含んだ赤ら顔に宵華は露骨に顔を顰めた。腰に牛頭の面を見つけて、これが阿傍かと内心で呟く。

「仕事もせずに酒盛りか。いい身分だな」

酒臭い息でなにを言うかと、宵華が言いかけたが、すかさず真君が口を塞いできた。

むぐむぐと唸る宵華の前で、鬼卒たちは青い顔で慌てて立ち上がる。

「今日は府殿に出張と聞きましたが……」

「貴様、俺の仕事に指図するのか？」

「とんでもない」

これ以上給金を減らされては堪らない。刃向かうだけ無駄だという思いが、鬼卒たちの顔には滲《にじ》んでいた。その様子にふんと鼻を鳴らして、阿傍はわざとらしく室を見回す。

「上官の留守をいいことに、庁舎で酒浸りとはな。酆都真君に報告せねばならないな。あの方は、不誠実な行いを嫌う方だ」

「どうかお許しください……」

しゃあしゃあと言い放つ姿を、宵華は見据える。この男は、真君のことをなにも知らない。目の前にこうして居るのに、気付きもしないくらいだ。

許しを請うように拱手する鬼卒たちに、阿傍は手のひらを見せる。懐から出した革袋から渋々と、鬼卒たちは貨幣を取り出して乗せるのだ。口止め料だろうが、これは賄賂だ。

かっとなって宵華は真君を突き放し、阿傍の汚い手を払った。

「いい加減にしろ！　真君がこれを見たら、おまえなど即座に罷免だ！」

「なんだ、この小娘は？」

ようやくこちらの姿を認識したらしい。落ちた金を鬼卒たちに拾わせて、阿傍はあまり興味もなさそうな目で見下ろしてくる。鬼卒たちの行いも決して褒められたものではない。しかし阿傍の悪行を黙って見逃せるほど、宵華は大人ではなかった。

いっそ正体を明かしてやろうかと身を乗り出すが、真君が追いすがってくる。

「駄目駄目駄目駄目……！」

「この期に及んで――！」

苛立つ感情を抑えながら、宵華は阿傍を睨み上げる。

「――わたしたちは……ただの新入りだ」

「ただの新入りが、この鬼卒長に口答えするのか？」

「鬼卒長ともあろう男が、部下に金銭を要求するのか？　見下げた行いだ。上司の風上にも置けぬわ。すぐにこれまでの非道を詫びるんだ」

あくまでも迎合しない姿勢に、阿傍も眉を上げる。

「是非にと、俺を鬼卒長に任命したのは酆都真君だ。俺の輝かしい経歴がそうさせたのだ。文句があるなら真君に言え。もっとも、真君は地獄の些事に興味のない腑抜けだ。おまえのような小娘一人の戯言《たわごと》に、冥府の上層部が動くことはない」

ふと、宵華は目を細めた。この男、矜恃だけは高いのだろう。輝かしい経歴とやらが全てなのではないか。そう当たりをつける。

「自分の口で愚かだと言った真君が認めたとは、おまえの経歴とやらも大したことはなさそうだな」

「なんだと？」

宵華の言葉が、確かに阿傍を刺激した。ようやく宵華に向き直り、酔った顔を更に赤く染める。

「新入りの鬼卒風情が生意気な口をきくな！　冥府で最も玉京に近い真君が、俺を認めたんだ！　だからこその鬼卒長だ！　地獄の全てを任されてしかるべきなんだ！」

「部下を脅迫し、不当な報告を奏上して、なにが長だ。なら言ってみろ。おまえのなにを、真君が認めたと言うのだ」

憤然と胸を反らし阿傍と張り合うが、真君は青い顔で宵華に追いすがる。

「もういいから、これ以上騒ぎを大きくしないで！　帰ろう？　今すぐ帰ろう？」

「おまえさまが怒らないでどうする!?」

「別に実害はないし……」

気にしないと言いたかったのだろうが、その真君の胸元を阿傍が掴み上げた。

「貴様も新入りだな!?　この小娘と同じように俺を侮辱するか!?」

「そんなことしてないです。本当です。真君に誓って」

「鬼卒長という位を真君が認めたのだ！　真君が認めたということは、玉京が……天帝が認めたのだ！　俺のこれまでの行いが正しかったのだ。これは天意である！」

「天帝……はどうかな？」

ぼそぼそと歯切れの悪い口調に苛立って、阿傍は力任せに真君を押しやった。そのまま卓にぶつかり、酒器が散乱する。飛ばされた杯が割れて破片が散らばったが、真君は「危ないなぁ」と呟いてそれを拾い集める。

「おまえさま、抵抗くらいしろ！」

「怒ることでもないし、この杯高いんだよ？　割れちゃってもったいないなって」

その様子が滑稽だったのだろう。阿傍は落ちた酒瓶を拾い、そのまま真君に中身をぶちまけたのだ。びっしょりと濡れた赤髪をつまむ姿を、阿傍は大きな声で笑った。

目の前で夫をコケにされ、宵華の中でぶつっとなにかが切れる。

「言ってみろ、阿傍よ！　天が認めた偉業とやらを！」

「小娘が偉そうに……鬼卒の職務は亡者の責め苦だ。俺が何人の亡者を締め上げたと思っている？　どんな極悪人だろうと、この阿傍の責め苦の前には赤子も同然よ！　俺が本気を出せば、誰もが泣き叫んで許しを請うのだ！」

「この地獄の有様を見て、なにが責め苦か！　部下を脅して己の怠慢を押しつけているだけではないか！　今の亡者は誰一人と、おまえの責め苦には音を上げないぞ！」

「おまえなら出来るというのか？　おまえみたいな新入りの小娘こそ、誰一人も音を上げずまい。身の程をわきまえるんだな！　そこのおまえもだ！」

なおも無抵抗の真君に再び酒をぶちまけようとする手を、宵華はぎりぎりと止めた。

「ならばわたしと勝負しろ！　どちらがより多くの亡者を責められるか！」

「勝負だ？」

はんと、阿傍は鼻で笑う。

「こちとら朝から酒をかっくらうほど暇なんだ。いいだろう、その余興に応じてやるよ。俺が負ければ、罷免でもなんでも受け入れてやる。まぁ、真君がこんな些事には見向きもしないだろうがな」

「確かに言ったぞ。わたしが勝ったなら、これまでの非を詫びて、粛々と真君からの制裁を受けよ。わたしが負ければ、今後一切、おまえの下で無給で働き続けてやるさ」

この騒ぎはすでに庁舎の誰もが聞きつけているところだった。遊びだろうが出任せだろうが、阿傍の言質はとったのだ。地獄の現状に不満を抱いていた冥官は、速やかに地獄を駆け巡る。同日中には、宵華と阿傍の勝負の知らせは瞬く間に広がり、栄麗をはじめとする亡者にも知れ渡ることとなった。

＊　＊　＊

「ははぁ。それで宵華様は、暴れ牛のごとくご立腹なのですね」

鼻息も荒く包子《パオズ》を頬張る宵華を眺め、青頼は笑う。

宵華をなんとか宥め賺《すか》して執務室まで連れ帰ったが、まったく面倒なことになったと、袍に着替えた真君は濡れた髪を拭く。とりあえず、怒れる姫には甘いものでも与えておけと、蓮《はす》の実の餡《あん》をたっぷり詰めた包子を用意し、いそいそと青頼は茶器を持ち出す。青磁の碗《わん》を片手に、宵華はじろりと真君を睨んだ。

「おまえさまも、おまえさまだ！　一発くらい殴ってやればよかったろうに！」

「あのね、こういうのは先に手を出した方が負けなの。器が小さい証拠なの」

「勝ちとか負けとかの話ではない！　あれだけ馬鹿にされて腹が立たないのか⁉」

「いや、特に」

どうも、この冷めた態度が気にくわないらしい。しかし言っても無駄と判断したのか、宵華は黙々と包子を手に取っている。

真君も茶の入った碗を目の高さまで掲げて、しげしげと見つめた。

「庁舎で割れた酒器、なんかこれと似ている気がしたんだよね」

「恐らく真君への献上品ですよ。あなた、物に執着しないし、よく確かめもせずに軽薄に下げ渡すでしょう。それが例の阿傍の下まで行ったんじゃないですか？」

「あぁ、やっぱり」

「真君から下賜されたとなっては、勘違いもします。それにしてもこの青磁、本当に高いんですからね。それが割れたなんてもったいない……。割れた破片でも持って帰ってくれればよかったのですが」

一切の事情を聞いた青頼は、嘆きつつも室を忙しく歩き回る。そして集めた書類の束を、真君の目の前に置いた。

「阿傍に関する資料と、鬼卒たちの嘆願書です」

「評判はどうなってるの？」

「評判？　悪いですよ」

きっぱりと言い放ち、よく読んでください、と資料の山を指さす。言われてようやく目を通す気になり、紙の一枚をつまみ上げた。これは阿傍の経歴か。

「はぁ、なるほどね。俺が冥府の王に就任したと同時期に、鬼卒長も阿傍へと代替わりしたのか」

「なんであんな奴《やつ》を鬼卒長に選んだんだ」

むすっとした宵華に、真君は小さく笑う。

「特に不審な点がなかったからだよ。俺も当時はばたばたしてて、それほど重要視してなかったけど……鬼卒の上役がこぞって推薦するんで、じゃあ問題ないかなって」

「問題は大ありじゃないか」

「地獄勤務になってしばらくは、真面目に働いていたみたいですね。本人が言っていた通り、亡者への責め苦を主にこつこつ頑張っていたそうです。上官に認められて、少しずつ権力を持ってから、どうもおかしくなってきたみたいですね」

資料の内容はすっかりと覚えたのか、青頼は給仕をしながらすらすらと口にする。

「上役を買収したんだろうな。そういう金の使い方をする奴だ。俺の目が届かないことに気付いて鬼卒長に就いてしまえば、あとはやりたい放題」

「どうにかならんのか？」

「あのね宵華ちゃん。あのまま阿傍に突っかからずに帰っていれば、この資料を読んで調査して『じゃ罷免ね』で済んだの。それなのに、わざわざ喧嘩《けんか》売るから大事になったんでしょうが」

「ぐ……」

言葉を詰まらせる宵華に、茶をつぎ足しながら青頼は「仕方ないですよね」と涼しく笑う。

「目の前で夫に酒をぶっかけられたら、そりゃ怒りますよね。私だって怒りますよ。三発くらいかましてやりますよ」

「そうとも。わたしは三十発かましてやるぞ」

「肩を持つな、青頼」

頭を抱えて、真君は嘆願書にも目を通す。日付がかなり前なのは、これ以降の嘆願書は阿傍が握りつぶしたからだろう。どの声も、阿傍の横暴に対して助けを求めるものだった。意図して見捨てたわけではなかったが、どれもこれもかなり切実だ。現状をこの目で見てしまった手前、このままなかったことにはできない。

「問題は……」

ちらりと宵華を見ると、彼女は心得たように胸を叩く。

「ではやはり、責め苦対決に勝ち、阿傍をぎゃふんと言わせねばなるまいな」

「さすがです、宵華様。存分にやってください。損害は全て真君の私財から差し引くので問題ありません」

「一文無しになるから止めてね!?」

宵華はともかく、青頼までやる気だ。止めたところで無駄だろう。

「……青頼、地獄ではどんな様子になってる？」

「すっかり噂は広まって、一大興行さながらですよ。地獄に娯楽なんてないですからね、鬼卒も亡者も目の色を変えてます。特に、栄麗殿をはじめとする亡者一団が、身をもって判定すると意気込んでおりまして、今更『やっぱり止めた』なんて言えない雰囲気ですね」

「……ですよねー」

特に阿傍の被害を受けた鬼卒などは、日頃の恨みを晴らしたいだろう。気持ちはわかる。このまま真君の一声で罷免となっただけでは、溜飲《りゅういん》は下がらない。強引に中止すれば、期待値の上がった亡者からも反発があるだろう。それこそ玉京に聞こえるくらいの暴動も起きかねない。それだけは避けたい。

「で、宵華ちゃん。なにか策はあるの？　責め苦なんて意外と繊細だからね。生かさず殺さずだよ？」

「要は亡者に『参った』と言わせればいいのだろう？」

「そこらの責め苦はぬるいと、俺に抗議するくらいの連中なんだからね」

「屍人のわたしが、力一杯殴る」

「却下」

「なぜだ？」

「宵華ちゃんが力一杯殴ったら、亡者なんか跡形も残らず霧散しちゃいます。それはもう処刑も同然。そもそも責めてないでしょうが。あくまでも責めることに意味があるんだからね？」

疲れた口調で言うと、宵華はうーんと腕を組む。

「鉄の棒で全身を貫く」

「極苦処《ごくくしょ》だな。すでにある」

「大雨のように熱鉄が降っている場所に追い立てる」

「刀輪処《とうりんしょ》か。絶賛稼働中だ」

「虫に身体を喰い破らせる」

「それもあるんだなぁ」

なんとか苛烈な刑をと想像力を働かせているのはわかる。しかしおよそ思いつく限りの罰は、すでにあるものだ。

「責め苦としては凡庸。通常業務の範囲内だし、歴戦の亡者が音を上げるとも思えない。誰もが驚く、奇抜なものじゃないとね」

「うぬぬぬ……」

あっさりと一蹴されて、宵華は低く唸って拳を突き上げた。

「やっぱり殴る」

「屍人だってバレそうなのは駄目だからね？　それだけは弁《わきま》えて！　自分の立場を理解して！」

「えぇ～……」

宵華は項垂れて、ぶらぶらと足を遊ばせてしまう。

「他に……他になにがあるんだ？　亡者が味わってない予想外の責め苦など……」

もはや殴ると蹴るしか、宵華の頭にはないらしい。だがまさか公衆の面前で亡者をボコボコに殴らせるわけにはいかない。屍人だと晒すような真似はできないし、かといって、正義感で勝負を挑んだ宵華が負けていいはずもない。

「阿傍だって馬鹿じゃない。この経歴だって全部が詐称じゃないはずだ。地獄のあらゆる責め苦や塩梅《あんばい》だって知っている。どだい宵華ちゃんには不利なんだよね……」

困ってしまい真君は唸る。そういうときは、これだ。

真君はゆるゆると、仕事のできる秘書官に視線を向ける。

「青頼……なんかない？」

「ありますよ」

「あるの!?」

青頼のあっさりとした返事に、碗を取り落としそうになる。お気に入りの茶器を雑に扱われて若干嫌な顔をしたものの、青頼は淡々と語るのだった。

「無間地獄の更に下、今は禁足地になっている場所がありましてね。その昔、先代が飼い慣らした魔獣がいるのです」

「魔獣？　そんなのいたっけ？」

「炎を纏《まと》った巨大な虎です。先代は『炎虎《えんこ》』と呼んでおりました。その口で一度に百人を噛《か》み砕き、纏う炎に触れれば黒炭と化す。玉京で暴れていた魔獣なのですが、懲らしめたついでに責め苦に使おうと、先代が地獄へ連れてきたのです」

あぁ、と真君は嘆息する。先代ならやりそうだ。

武神に劣らぬ剣術に加えて、どうにも合理的なところがあるから。さわやかな笑顔で、魔獣を引っ張ってくる様子が目に浮かぶ。

「しばらくは先代の指揮の下、亡者をいたぶっていたのですが……これが忠義心溢れる魔獣でして、先代の言うことしか聞かないのです」

「……面倒な魔獣だな」

「恐らく己より強い者にしか服従しないのですね。始終、先代がつきっきりというわけにもいかず、鬼卒たちはぶっちゃけ持て余しておりました。そこに冥府の王の交代です。主人不在で炎虎は暴れ、仕方がないので周辺を禁足地として、そこに繋いでいるのです」

　真君には知らない話だった。少なくとも先代からは聞いていない。自分が冥府へ来る前のことかもしれないから、となれば百年単位の昔話だ。

「腕に覚えのある強者《つわもの》が何人も挑みましたが、誰も制することができず今に至るわけなのです。しかし、いつまでも繋いでおくのも、可哀想というものですよ」

「随分と同情的だな。見たことがあるのか？」

「はい、もちろん。秘書官になって長いですからね」

　そこへひょいっと宵華が覗き込んでくる。

「おまえさま、魔獣に挑む気はないか？　今の冥府の王はおまえさまなのだから、魔獣の主になる資格があるだろう」

「俺が!?　嘘でしょ!?」

「神仙なのだから、多少は腕に覚えがあるのではないか？」

「無理無理無理無理。俺、頭脳派だし。剣なんか握ったら重さで腕が折れちゃうわ」

「それほどに軟弱なのか。では明日から、共に腕立て伏せから始めような」

「……やだ」

　適当に誤魔化しておく。剣を最後に握ったのはいつだったか。焔崇として穹で生きていたとき、そして冥府に召し出されたとき。剣を振るのは楽しかった。自分の腕に自信があったし、剣は誇りでもあった。

だが捨てたのだ。剣も名前も。自分には過ぎたものだと、ようやく気付いたから。再び剣を握ることなど、あり得ない。

鬱々と過去を思い出しそうになって、真君が押し黙る。宵華は不思議そうな顔をしたが、なにかを思い出したのか、不意に毅然と立ち上がった。

「ならばわたしが挑もうではないか！　屍人の力を以てすれば、炎虎も御せよう！」

「本気!?　いやその顔は本気だ！　待って待って！」

声を上げた真君の目の前で、宵華はごそごそと古書を取り出す。例の『焔崇伝記』だ。嫌な予感がする。

「焔崇の伝説にこういうのがある。『赤虎猛咆』だ」

「……なにそれ？」

聞いたことがない。真君が素で首を振ると、宵華は該当する頁を開いて、ぐいぐいと見せつけてくる。

「かつて穹は他国の侵略を受けていた。迫り来る敵兵、逃げ惑う国民。そこで焔崇は立ち上がった。森に住む赤い虎の群れに挑み、自分が主だと告げたのだ」

「虎に挑み？　意味がわからないんだけど？」

「そして焔崇は虎の群れを率い、敵国を牽制《けんせい》した。穹はそうして守られたのだ」

「いや、虎の群れを制するとか無理だよね？　普通、そんなことしないよね？　聞いたことないよ？」

至極、常識的な真君の反論など、宵華はすでに聞く気などなかった。真君の背中をばんばんと叩いて、彼女は自慢げに笑うのだ。

「伝説は史実。そしておまえさまの仕事は、わたしの仕事だ。代わりにわたしが炎虎に挑むことに、なんの不思議があろうか。焔崇という前例があるのだ。屍人となったわたしに出来ないはずもない」

「本気!?」

「英雄に倣い、炎虎を制してみせる！　見ていろ、おまえさま！」

「いくら屍人でも危ないって！　死んじゃうって！」

このままではありもしない史実を再現しようと、無謀な戦いに挑んでしまう。もっと穏便な方法はないかと慌てて有能な秘書官を振り返るが、青頼はいそいそと茶器を片付け始めている。

「さすが宵華様ですね。早速、出発の準備をいたしましょう」

「青頼さん、止めて！」

いやぁぁと室中に真君の悲鳴が響き渡るが、聞き届ける者などいなかった。

せっかくだからと、青頼はどこからか大剣を持ち出し、宵華に持たせていた。宝物庫に並ぶ武器の中から、『焰祟っぽい』大剣を選んだのだろうが。

「あ……それ、俺への献上品……一番高価なやつ……」

「どうせ使わないでしょう？　武器なんていうものは、こういうときの為にあるんですよ」

お似合いですよ、と青頼が涼やかに微笑めば、宵華のやる気も更に上がる。理想とする英雄の姿に一歩近づいたと、満足そうに笑うのだ。

そして案の定、そのまま禁足地へと引き摺られた。


そこは一面、黒い世界。青頼が言うには、炎虎の炎で一帯が焦土と化してしまったらしい。彼方《かなた》から吹く熱風は、炎虎の纏う炎だという。

青頼の案内で地獄の僻地《へきち》の奥へと進むと、そこに魔獣はいた。

大きさは家一軒ほどもある、筋肉質な身体の虎。毛は赤く、縞《しま》模様は黒炭の色。口元から覗く鋭い牙は、人の身体をたやすく貫くだろう。

こちらの姿を見つけると悠然と立ち上がり、辺りの空気がちりちりと爆ぜだす。四方から鎖を投げられたのか、動くたびにじゃらじゃらと鉄の擦れる音が響いた。周囲の地面に錆《さ》びて朽ちた刀剣が無数に刺さっているのは、かつて挑んだ者たちの跡だろう。何百年と、たった一匹で過ごしてきたのだ。ようやく生きて動く標的を見つけて歓喜したのか、炎虎はぐるぐると唸り出す。

「なんとも憐れではないか」

魔獣を目の前にして、宵華は泰然と言い放った。とても寂しそうだと、彼女は言う。

「宵華ちゃん、やっぱり帰ろう？　相手が人間なら、意図を汲んで出方も予想できるってもんだけど、獣だからね。行動は読めないよ」

だから帰ろうと促すが、宵華は当然、頷かない。それればかりか、真君をかばうように手を上げた。

「下がっておれ、おまえさま。冥府の王はわたしが守る」

言うなり、炎虎に向かって一歩を踏み出す。

「止めておこうって……！」

「まあ真君、ちょっと様子を見ましょう」

どうにか説得しようとする真君の肩を、青頼は押さえる。

「なんでそんなに冷静なんだ、おまえは」

「勝算があると思っているからですよ。万が一にも宵華様が、炎虎を手懐《てなず》けるかもしれないでしょう」

「万が一って……！」

分が悪いにも程がある。いくら真君だってそんな博打は打たない。身ぐるみ剝がされて全裸で晒されるだけだ。やはり止めよう、青頼の手を払おうとしたときだった。

大剣を構えた宵華が走り出す。繋がれたままの相手と戦うのは不公平だとでも考えたのか、あろうことか炎虎の鎖を断ち切ったのだ。

「あぁぁ〜！　自由にしてどうするの⁉」

「勝負は公平であるべきだ！　そして、これはわたしが売った喧嘩なのだ、おまえさまは手出し無用だぞ！」

そう言って、炎虎と対峙《たいじ》する。とはいえ、先日まで病で伏せっていたお姫様だ。剣を振ったことなどあるはずもないし、体術だって素人以下だ。準備運動とばかりに緩慢に動く炎虎に、今にも翻弄されそうである。

屍人の力任せに大剣を振り回す姿に、真君は顔を青くする。

「あぁ、そんなに大上段に構えて……隙だらけじゃないか……っ」

「いいんですよ、助けに入っても」

しれっと青頼が言い放つ。

「その辺にいくらでも剣が落ちてますからね、拾って助けに行ってもいいんですよ？　昔のあなたならそうしたでしょう」

「……おまえ、それが目的だな」

腐って枯れてる元英雄に奮起させようと、そういう算段なのだろう。良くも悪くも宵華を利用して。

そうだった。青頼はこういう人物だ。真面目なのかふざけているのか判断しにくいが、目的の為には手段を選ばない強《したた》かさがある。

淡々とした青頼の顔を、真君は一瞥する。

「……俺はもう、剣は持たない」

「そうやっていつまでも頑《かたく》なですけどね、そろそろ自分を許してあげてもよいのでは？」

「これは宵華の喧嘩だ。俺が間に入れば、後でぶっ飛ばされる」

まだ死にたくはない、そう呟く。青頼はまじまじと真君を眺めた。

「随分と肩入れしますね。一時でも夫婦だから？　それとも故郷が同じだから、情が湧いたのでしょうか？」

「肩入れじゃない。目の前で虎に喰われそうになってる子供を見れば、誰だって助けようとするだろうが」

「誰だって、ね。英雄なら、の間違いでは？」

青頼の顔は「理解できない」とでも言いたげだった。

きぃんと高く音が鳴る。慌てて見やると、宵華の持つ大剣が弾《はじ》かれ飛んだ。屍人の力があっても、炎虎の牙は折れなかったのか。剣が弧を描いて落ち、真君の側へ突き刺さる。やはり無茶だったのだ。

「もういい、下がれ！」

真君が声を上げる。宵華はちらりと視線を寄越したが、拳を構えて突進してしまう。どうあっても、この喧嘩を降りる気はないらしい。徐々に闘志をかき立てられた炎虎も、それに応じる。屍人は屈強だ。かつて玉京に攻め入っただけはある。炎虎を殴り殴られ、宵華は奮闘した。

だが悲しいかな、経験も少ない子供の身だ。すぐに炎虎が優勢の形をとった。炎虎の周囲に燃える粉塵が生まれる。火の粉が走り、爆発する。爆風に頭を抱えた宵華の頭上で、炎虎が腕を振り上げたのだ。

「……ここまでか」

真君は思わず、突き刺さった剣に手を伸ばす。炎虎に一撃を食らわせ、その隙に宵華を抱えて退散する。間に合う。そのつもりだったのだ。

しかし剣の柄《つか》に手をかけた瞬間、身体が動かなくなった。剣に触れることを自らに禁じ続けてきたからだろうか。身体が拒否をしたのだ。

「くそ……！」

それでも大剣を引き抜いた。しかし、炎虎の一撃に間に合わない。宵華の頭が砕かれて倒れ伏す。真君の勘がそう告げていた。

だが踏み込もうとする足を止めたのは、青頼の声だった。

「大丈夫ですよ。なんの心配もいりません」

一体なにを言っているのか、耳を疑った。しかし目の前で起こるはずの惨劇は、起きなかった。宵華に爪を振り下ろす炎虎が、耳を動かし僅かに躊躇した。その隙をついて、宵華が炎虎の頭を殴り飛ばす。

屍人の渾身の一撃だ。さすがの巨体も吹っ飛んで、地面に叩き付けられた。すかさず宵華は駆け寄って、その顔を両手でむぎゅっと摑む。

「こんな地獄から出してやるから、わたしに従え！　もう寂しい思いはしなくていいんだぞ！」

小さな手の隙間から、剛毛な虎の髭が泳ぎ出す。しばらく宵華の手をすんすんと嗅いでいたかと思えば、その目からすっと闘志が消えたのだ。炎虎は巨体を伏して、ゆるりと尻尾を振った。

「勝負あったようですね」

どこか嬉しそうな青頼を、真君が睨み上げる。

「……おまえ、なにを隠してた？」

「隠してなどいませんよ。炎虎は好敵手が欲しかったんです。先代も炎虎の下へ通っては、よく泥だらけの殴り合いをしていましたから。宵華様を対等に戦える相手と認めたのですよ」

「殴り合い？　先代が？」

確かに先代は逞しい男だった。日々の鍛錬を怠らず、自分に厳しい。それを他者に強いることもなく、誰にも平等に優しい。いつもきらきらと光を纏っていて、清廉潔白を絵に描いたようだった。それが泥にまみれて炎虎と殴り合い？

「想像ができん……」

呻《うめ》く真君の手元を、青頼は指さす。宵華が弾き飛ばされた大剣を、そういえばまだ摑んだままだった。慌てて手を離したが、青頼はにやにやと気持ち悪く笑う。

「助けに行こうとしましたね。その心意気、忘れないでくださいませ」

「……見間違いじゃないのか」

雑に誤魔化そうと宵華の方へ視線を投げる。足下でごろごろと寝転がる炎虎は、まるで猫のようだ。猫？

「はっ！」

真君の脳裏に、まざまざと記憶が蘇《よみがえ》る。不意に奇声を上げたので、何事かと青頼が眉をひそめた。

「どうしました？」

「思い出したぞ……。そういえば、まだ穹で英雄だった頃……隣国と戦争になりかけたことがあった」

「はぁ。例の『赤虎猛咆』ですか？」

「同じ頃に野良猫がいっぱいいてな」

猫ですか？　と青頼が問い返す。

「陣を張っていた場所でうろついていた、可愛い盛りの子猫だった。……うっかり餌をやってしまって、すっかり懐かれた」

「いい話じゃないですか」

「あいつら、戦場にまでついてきたんだ。わかるか？　足下で『にゃーん』と鳴く猫を、蹴飛ばすかもしれないという恐怖。進軍する足も鈍るというものだ」

足下にまとわりついて離れない子猫の姿が、今でも脳裏に浮かんでくる。白い毛の猫や三毛に黒猫、茶虎もいた。どの子も可愛かった。

「もはや戦争などそっちのけだ。どうやって猫を引き離そうか……でも可愛いからずっと見ていたい。そんな葛藤と戦っているとき、敵兵に襲われた。俺は……戦えなかった。愛くるしい猫たちに、怪我をさせてしまうかもしれないからな」

「……戦争ですよね？」

「そうは言ってもだ、敵兵も戦えなかった。お互い餌を持ち寄って『にゃーん』と声を掛け合って……両陣営で、猫を愛《め》でたい触りたいという兵士が続出。戦意など喪失しまくりだ。結果、和平交渉の場を設けることになった。そして穹への襲撃は回避された」

「あぁ……それが『赤虎猛咆』の元ネタなんですね」

なるほど、と青頼が手を打つ。当時の様子を盛りに盛られた結果、伝記に記されてしまったのか。恐ろしいと、真君はぶるぶる震える。

「誰だ話を大きくしたのは！　なにをどうして虎を御すなんていう脚色をしたんだ！」

「有名人は大変ですね。しかしその調子だと、まだまだ伝説が出てきそうですが……」

「嫌だ……勘弁してくれ……」

すっかりいつもの調子で長身を縮こまらせていると、宵華がぱたぱたとやってくる。

「おまえさま、見ていてくれたか？　見事、炎虎を制したぞ」

「あぁうん。すごいすごい」

「恐らく、焔崇もこうやって虎と戦ったのだ。その勇気を想像し、わたしは胸が熱くなったぞ」

「へぇ……ふぅーん」

このまま永遠に、真実を知らないままでいて欲しい。適当に相槌を打つものの、冷めた態度に宵華は不満なのだ。唇を尖《とが》らせて真君の袖を引く。

「かっこよかったか？　焔崇みたいだったか？」

「あぁ……そうね」

宵華の足下にすり寄る炎虎を眺めて、少しだけ目元を緩ませる。

「きっと焔崇も……そうやって足下に獣がごろごろするのを見て、笑ってたと思うよ」

＊　＊　＊

酆都真君は今日も憂鬱だった。

悪評の高い鬼卒長阿傍と新人鬼卒の少女が責め苦で競う、そんな異例の対決は地獄で一番熱い話題になっていたからだ。誰の指示もないのに、関係各所が速やかに日程と場所を準備し、約束の二日後には賑《にぎ》やかに開催されることになった。

今日ばかりは業務も責め苦も放り出し、地獄の一角に鬼卒と亡者が詰めかける。その光景を見て、真君はがっくりと項垂れた。

「早く終わらせて帰ろうね、宵華ちゃん」

「やるべきことをやったらな」

今か今かと待ち構える歓声が、やがてどよめきへと変わる。期待の新人が、見たこともない異形の虎を連れてきたからだ。

今回、審判を買って出た歴戦の亡者たちもその姿に戦《おのの》くほどである。代表である栄麗はにやりと笑い、虎にまたがる宵華を見上げた。

「あんた、随分と面白い獣を連れてきたね。初めて見るよ」

「恐ろしかろう？　この炎虎ならば、おまえたちの期待に応えられるはずだ」

「いいねいいね。ゾクゾクしてきたよ」

そして炎虎の陰に隠れるように、存在感を消して歩く真君を見つけた。

「あんたもちゃんと来たね。しっかり見届けてもらうよ」

「お手柔らかに頼むね」

早く帰りたい、そんな顔をしたが、栄麗は構わず右手を挙げた。

「これより、責め苦対決を始める！　先攻は新人だ！　一組前へ！」

「はい、姐さん！」

腕っ節自慢の亡者が三十人、広場の前へ出る。ちょっとやそっとの責め苦では満足できない、被虐性愛者《マゾヒスト》の集団なのだ。おかしい、いつからこうなったのだろう。先代の頃は、責め苦は恐れられてなんぼだったはずなのに。

「よっしゃ！　かかってこい！」

「どれほどのものか、見物だぜ！」

生前はあらゆる罪を犯した罪人だ。柄は悪い。ばちばちと自分の胸筋を叩いて、炎虎を挑発する始末だ。見物人からも声援が飛ぶ。

宵華は炎虎の背から飛び降りて、その脚を叩く。

「さあ炎虎よ、頼むぞ。これが終わったら、存分に遊ぼうな」

ぐるると炎虎は嬉しそうに唸る。

「始め！」

栄麗のかけ声と同時に、炎虎が吠《ほ》えて飛び上がる。

先代から十分に躾《しつ》けられたのだろう。炎虎は責め苦の加減を心得ている。まずは前脚を振り上げて叩き下ろす。刀剣よりも鋭い爪が五人をなぎ払い、血が吹き出る代わりにぼしゅっと音を立てて身体が霧散した。

「うおぉぉー痛い！　痛いぞぉ！」

「もっとだ！　もっとくれー！」

亡者に応えるように炎虎が口を開き、火炎を吐き出す。通常の責め苦にはない高温だ。瞬時に亡者が燃え上がる。それを見て亡者の興奮は止まらない。我先に炎虎の洗礼を受けるべく、駆け寄ってくるのだ。

その亡者たちを玩具《おもちゃ》で遊ぶように太い脚で転がし、噛み砕く。その度に炎虎の周囲から熱風がほとばしる。吹き上げる風に煽られる観客もまた、拳を上げて『もっとやれ』と声を張るのだ。

悲鳴とも歓声とも聞こえる声を上げて、一人、また一人と亡者が宙を舞う。極めつけに炎虎が吠えると、周囲に火花と粉塵が散り、一帯を吹き飛ばすほどの大爆発を起こした。

目の前で巻き起こる轟音《ごうおん》とはじけ飛ぶ亡者。栄麗はぐっと拳を握った。

「これぞ求めていた刺激！」

「……大丈夫？　一応責め苦だよ、これ」

変人を見る目つきで真君は眺めるが、栄麗ははんと鼻で笑う。

「これまでの責め苦が物足りなすぎたんだ。やるんだったら、これくらい派手じゃないとな。悔い改める甲斐がない」

余程鬱屈した毎日だったのだろうか。どこか晴れ晴れとした顔で転がる亡者と栄麗を見て、これはこれでいいのかなと思い始めてしまう。何事も価値観の更新は必要なのだ。隣では宵華が満足そうに頷いていた。

「炎虎……楽しそうでよかったな」

さて問題は、この興奮冷めやらぬ中で登場した、後攻の阿傍だった。

『二組、前へ！』と栄麗の号令で登場した亡者三十人。これを相手に、釜茹で、百叩きと堅実で、なんとも真っ当ではあるが地味な責め苦をはじめた。

興醒《きようざ》めとばかりに、しんと静まりかえる会場。散々に自分の経歴を触れ回っていた阿傍が、想像よりもずっと口だけだった。いや、亡者が昔よりもずっと強靭《きようじん》になっていた、という方が正しいかもしれない。もはや教科書通りの責め苦などに音を上げる亡者はいなかったのだ。

それに炎虎による壮大で印象的な光景が繰り広げられた後だ、見物人も当の亡者も満足するはずがない。これまでの鬱憤もあったのだろう、途端にあちこちから物が投げ込まれ、野次が飛び交う。

「帰れ！　この悪徳鬼卒長が！」

「無能は辞任しろ！」

勝敗は明らかだった。ぐぐと言葉を詰まらせた阿傍だったが、懐から書簡を取り出し広げて掲げる。

「俺は真君からの辞令をもらっている。御璽のある正式な書類だ。俺の行いを非難する者は、酆都真君に弓を引くも同然！　それを踏まえ、尚《なお》も文句のあるやつは前へ出ろ！　残らず反逆者として処分されたければな！」

その姿を見て、宵華は眉を上げた。

「約束が違うぞ！　わたしが勝てば罷免を受け入れると言ったはずだ！」

「罷免の内示など出ていない。真君の決定が全てなのだ！」

「戯言を。おまえさま……！」

こうなれば真君の口から直接告げてもらおう。期待を込めて宵華は振り返る。しかし真君は、正直乗り気ではなかった。こそこそと小さな声で宵華を呼ぶ。

「いや……ここで大々的に言わなくても、後でこっそりと内示を出そうかとね」

「今出せばよかろう」

「目立ちたくないんだよ。ここで『真君』として仕事をしてしまったら、俺の評価が上がっちゃう」

「評判が上がってなにを困る。先代に戻ってきて欲しいと言っていた件か？」

「……………」

沈黙を是と受け取ったのは、宵華だけではなかった。不意にひょっこりと顔を出したのは、いるはずのない青頼だった。

「……あなた、まだそんなことを言ってるんですか」

「青頼⁉　留守番してろって言ったよね⁉」

「言われましたが、了承するとは申し上げてませんから」

黒の官服は秘書官の証。冥府の王に最も近い官職だ。そんな官吏がうろうろされても困ると、言い含めたつもりだったが。問いただしても「楽しそうなので様子を見に来ました」と平然と言うだろう。

不意に現れた青頼に、阿傍は自失してそのまま尻をついてしまった。真君の顔は知らなくても、黒い官服の意味は理解しているのだ。

「秘書官……青頼殿……！」

阿傍をちらりと一瞥してから青頼はわざとらしく拱手を上げ、真君の前に跪《ひざまず》く。当然、突如現れた真君の側近に、鬼卒たちがざわめき始める。

「冥府の王たる酆都真君、全てはご覧の通りです」

「……来るなって言ったのに……覚えてろよ……！」

気がつけばすっかり注目の的だ。秘書官はわざわざ周囲に聞こえる声で告げる。

「真君並びに、その后たる宵華様。御自ら責め苦の手本を示すとは、ご立派でございます。鬼卒たちの嘆願も聞き入れ、その足で潜入捜査まで……感服いたしました」

「……それ以上言うな！」

逃げたい。はっきり言って耐えられない。

右を見れば宵華が指を鳴らし、左を見れば栄麗が腕を組んでいる。後方は炎虎が控え、前方には青頼だ。逃げ場はない。ようやく諦めて、真君は阿傍の手から辞令を取り上げた。

「阿傍、二言はないな。鬼卒長を罷免する。数々の暴挙も含め、沙汰を待て」

手短に言って辞令を裂くと、阿傍は青い顔で言葉を失ってしまう。

新人だと馬鹿にし、酒までぶちまけた相手は散々威を借ってきた酆都真君だった。もはや言い逃れはできない。真君の指示を待つまでもなく、周囲の鬼卒が阿傍を引っ立てる。

事態を理解した周囲の鬼卒たちも、口々に囁《ささや》き合った。

「真君は全てを知っていたんだ」

「不真面目だと噂があったが、本当に噂だったんだな」

「自らお出ましになって、地獄の改革をはじめようということか」

事実はあっという間に伝播《でんぱ》して、真君がついに動いたと、会場はにわかに歓声に包まれた。実に遺憾である。納得がいかない。

その不満顔を威厳と見なした観衆の声は、終日止まなかったと聞く。

＊　＊　＊

窓から差し込む陽光を浴びて、宵華はうーんと伸びをした。

府殿の執務室は日当たりがいい。

傍らには、炎虎が悠々とあくびをして寝転がっている。器用なことにこの魔獣は、身体の大きさを自由に変えられるらしい。今ではすっかり普通の虎の寸法になって、長椅子に座る宵華の足下で寛《くつろ》いでいた。

「おまえさま、炎虎は傍に置いてもよいだろう？　よくよく言い聞かせて暴れないようにするから。また地獄へ一匹で繋ぐなど、可哀想だからな」

しかし几に向かう真君は、一拍置いてから、うん？　と顔を上げた。

「え？　なんだって？」

「こちらの書類もお願いしますと、言ったのです」

青頼が几の上にどさりと書類の山を置くのを見て、ついに真君はげっそりとした顔を両手で覆ってしまう。

「ねぇ！　休憩しよう？　そろそろ休憩！　こんなに仕事したら俺死んじゃう！」

「神仙なんだからちょっとやそっとじゃ死にません。ほらほら、目を通さなきゃならない書類は山積しておりますよ。はい、次はこれ。確認して捺印をお願いします」

府殿の執務室には、しばらくぶりに主の姿が戻っていた。阿傍に関する身辺調査の結果、鬼卒たちの声と亡者の要望、責め苦対決の費用や感想に始末書、その他諸々、地獄改革の重要書類の山々だった。

すっかり埋もれた真君に、青頼は上機嫌である。

「いやぁ、よかったですね。これでしばらく地獄はまともに機能しますよ。さすが真君、労働万歳！　地獄での評判はうなぎ登りです！」

「どれもこれもおまえの所為だからな！　覚えてろよ！　減給してやる！」

「全部ご自分の責任じゃないですか。今まで溜めてきたツケですよ。まったく……普段からこつこつとやっていれば、こんなことにはならないのに。今回の件でわかったでしょう？　普段の行いが悪いと、後で必ず倍以上になって返ってくるんですよ。今後の自分の為にも普段からしっかりと仕事しましょう」

「いいか青頼。今回見るのは地獄関係の書類だけだからな。他の仕事はやらないからな！　一切合切やらないぞ！　聞いてる!?」

なおも我が儘《まま》を繰り出す真君には、はいはいと適当に返事をしている。しかし、几に向かわせて、もうぶっ続けで三刻になる。さすがに可哀想だと思ったのか、青頼は「お茶にしましょうか」と息を吐いた。

途端に椅子から立ち上がり、真君はさっさと宵華の向かいの長椅子に寝そべった。ぶつぶつ悪態をついてから、ちらりと宵華を見やる。真君が執務室に押し込められてからぶっ続けで三刻、こちらは飽きもせずに炎虎と遊んでいた。真君が試しに手を出してみると、即座に炎虎は引っ掻《か》いてしまう。

「なんで俺への対応はしょっぱいの!?」

「これ、炎虎よ。わたしの夫をいじめるでない」

嫌いなのか挑戦したいのか、真君にだけは警戒の姿勢を崩さないのだ。青頼への当たりは柔らかいのだが。形だけ窘《たしな》めて、宵華が炎虎の顔をぐりぐりと撫でていると、真君は珍しく目元を緩ませた。

「……動物好きなの？」

「好きだ。だけど穹にいた頃は、女官も官吏も、わたしに動物を近づけないように気を遣っていた。特に猫は、傍にいると身体が痒《かゆ》くなったり、くしゃみが止まらなくなったりしてな」

病弱な身体の所為だろうと、医師は言っていた。猫の毛が体質に合わなくて、身体が拒否反応を示すのだと。それに比べて屍人の身体はなんと丈夫なことか。どれだけ炎虎に触っても、咳の一つも出ない。

「ずっと猫に触りたいと思っていた。炎虎は虎だが……まぁ似たようなものだろう」

満面の笑みで言うと、真君は「なんだ」と、驚いたように目を開いた。

「やりたいことあるんだ」

「え？」

「この前、言ってただろう？　やりたいことなど考えたこともないって」

確かに言った。地獄で真君の手を引いて歩いていたとき。しかし、宵華も目を丸くした。

「猫に触りたいなど……些末なことだ。人に言えるような大層な願いじゃない」

「些末でいいんだよ。生きることは、些末な願いの繰り返しだ。腹が減ったからなにか食べたい、眠いから寝たい。仕事したくない。そんなもんだ」

他にはないの？　と真君が寝転がりながら聞いてくる。

「他……」

「生きていたときは、なにがしたかった？」

宵華は言葉に詰まる。

「……病床の時分は、生きることで精一杯だった。ただもがく毎日で、自分の手でなにかできるなど、考えたこともなかった」

「俺が思うにあんたは、本当は死にたくなかったんじゃないか？」

真君の言葉に、ひやりとした。

「そ、そんなことはない。わたしは生きているだけで国の荷物だ。死して役に立てるなら、それが本望だった」

「なら、今は本当に幸せ？」

「当たり前だ」

死にたくないなど、思うはずがない。思ってはいけないのだ。

「わたしは穹を救う為に、冥府へきたのだ。自分が望んでここにいる。しっかりと嫁の務めを果たし、役目を全うする。それがわたしの幸せだ」

これ以上考えてはいけない。蓋をしなくてはと、宵華は口を噤む。

「……ふぅん」

あまり納得していない様子で、真君が呟く。

「宵華様をいじめないでください」

見かねたのか、青頼が持ってきた茶器を卓に置いていく。今日は白磁だ。茶壺《ちゃつぼ》に茶葉を入れ、溢れるほどに湯を注ぐ。

「宵華様は真面目なのですよ、真君と違って」

「おう、そうだな。俺は不真面目だから、そこを追及する権利はないな」

青頼は茶を注いだ杯を、そっとこちらに押し出した。

「今はあまりお気になさらずに。甘い物はどうですか？　包子をお持ちしましたよ」

「……甘い物は好きだ」

「それもまた、些細な願いでございますよ。遠慮なさらずお召し上がりくださいね。それと不真面目な真君に一つ、お耳に入れておきたいことが」

「なんだ？」

真君にも白磁の茶杯を渡しながら、青頼は淡々と口を開く。

「地獄ではすっかり宵華様のことが知れ渡りましてね」

「おまえの所為だよね!?」

「炎虎を手懐け従える様が、まるで屍人のようだと」

思わず真君が飛び起きる。

「バレたのか？　まずいんじゃない!?」

「いいえ、そういうわけではないようです。屍人は等しく大罪人である、なんて逸話はすっかり昔のことでして。今やただのおとぎ話の一節なのですよ。宵華様の肌が白くていらっしゃることとか、炎虎を手懐けたのは穹出身であるがゆえの豪腕さからとか……まるで伝説の屍人のようだと、人々は好きに噂するのですね」

だからと、青頼はにっこりと笑う。

「少なくとも地獄の対決を見た人々が、今やこう呼ぶそうです。『屍人姫《しびとひめ》』と」

「屍人姫……」

宵華が呟く。かつて自分を揶揄《やゆ》して使った言葉だ。こんなところで、また聞くことになるとは。

「逆に一周回って縁起がよいとかで、悪い意味ではないそうです」

「縁起がいい？」

嘘でしょ？　と呟く真君を無視して、青頼は続ける。

「焔祟殿を『英雄』と呼ぶのと同じかと存じますよ」

青頼がこう言うので、宵華は思わず立ち上がった。

「本当か？」

「二つ名、というやつですね。いつか焔祟殿とお会いになったときに、自慢できますよ」

「お会いできるだろうか？」

できるかもしれませんね、と青頼が笑うので、宵華は思わず真君の首に抱きついた。

「おぐ……！　首が絞まる……！」

「聞いたか、おまえさま！　焔祟に会えるかもしれないぞ！」

「よかったよかった！　よかったから腕を外して……！」

やはり真君は、焔祟の話題を出すと顔を強張《こわば》らせる。

そんなに嫌いなのだろうか。穹の名だたる英雄が、真君に迷惑をかけたのだろうか。

どうにもそれだけは解せなかった。

第三話　善疑壊心

酆都真君《ほうとしんくん》は夢を見ていた。

昔の夢など随分と久しぶりだ。このところ、落ち着いていたのに。

ぽつんと立ち尽くす真君の目の前で、冥府の中枢である府殿《ふでん》が炎を上げて燃えていた。火の手から逃れようと逃げ惑う冥官たちの波に逆らって、真君は歩く。着ているのは官服だ。これはまだ、『酆都真君』を名乗る前の自分——焔崇《えんすう》の姿。

その先にいるのは誰なのか、わかっていた。府殿を背に抜き身の剣をぶら下げて立っている男を見て、やはりと瞑目《めいもく》する。

その男の名を烏克《うこく》という。

かつて将軍の地位で華々しく働いていた頃の、副官だった男だ。

烏克は元々、盗賊まがいのことをして穹を騒がせていたが、討伐にやってきた焔崇に負け、軍門に降《くだ》った。荒事には向いていたようで、そこからめきめきと頭角を現し、いつの間にか副官の地位まで上り詰めた。実直で真面目すぎた真君とは違い、どこかひょうきんで調子のよいところがあった。似ていないからこそ、信頼していろいろと任せることができた。しかし、血気盛んだった当時と違い、目の前の男は枯れそうな老人。目だけは異様に爛々《らんらん》と輝いている。

「随分と老いたな……」

そう声をかけると、烏克は嘲笑を浮かべる。

「不老の神仙となったあなたと違い、私は人間ですから。老いて死んで……だから冥府に来たのです」

「老いて死んで、粛々と裁判を待てばよかったのに。なにがおまえをそうさせたんだ。おまえは……こんなことをするような人間じゃなかった」

「一体、私のなにをご存知で？」

これは、あのときの再現だ。夢では同じ場面を何度も再生する。それがわかっているのに、焔崇もまた、同じ言葉を繰り返すのだ。いつもいつも。

「だからあなたは『英雄』だった。人を疑うことを知らないから」

棘《とげ》がある口調。焔崇に対しての敵意を持った声だ。こんなにも憎まれていたとは、気付きもしなかった。いつだって烏克は、一番近くで力になってくれたのに。

「あなたがずっと嫌いでしたよ」

なんの躊躇もなく、さらりと口にする。

「いつも私が、どんな思いであなたに仕えてきたか……あなたは知らないでしょうね。誰にでも優しくて、弱者がいれば助けて、他人の善意を疑わないで。なんてお人好《ひとよ》しな英雄なんだと、いつも呆れていました。笑っていたんですよ。善を振りかざすあなたの背中を見て、愚かな奴だと」

「烏克……」

「だから簡単でした。あなたの信用を得て、あなたから全てを奪うのは。あなたを信じてついてきた部下も、あなたの武功を喜んだ皇族も、友人も財産も地位も名誉も……冥府へ招かれたあなたは全て地上に置いていった」

「俺はおまえを信用して、全てを任せたつもりだったんだ」

疑いもしなかった。烏克が薄暗い闇を抱えていたなんて。

「そうでしょうね。善良な焔崇殿の後釜で、随分と楽しい思いをさせてもらいました」

「俺を裏切ったのか」

「裏切ってなどいません。最初から信用してなかっただけです。あなたは馬鹿正直で真面目すぎて他人を疑わない。だから利用させてもらっただけです。今も昔も」

「…………」

「ずっとあなたが嫌いでした。だから冥府で上手くやっているのを知って、壊したくなったんです」

　烏克の告白は、焔崇の全てを揺るがすのに十分だった。自分の信じてきた正義を、全幅の信頼を寄せた烏克を信じた善意を、木っ端微塵に砕かれたからだ。もはや呆然と立ち尽くすしかない。

　目の前の男は、酆都《ほうと》に住む亡者を言葉巧みに抱き込み、冥府で働く罪もない冥官たちを殺して回った。その罪は、地獄へ落とすだけでは生ぬるい。きっとこの場で首を落とし、魂を消滅させても咎めはないだろう。

　このとき焔崇は帯刀していた。だが剣を抜かなかった。抜けなかったのだ。いつも自分の隣で「頼りにしていますよ」と屈託なく笑う顔が、脳裏から消えなかったから。烏克を斬るということは、これまでの自分の全てを否定するような気がした。

　その目の前で烏克は淡々と告げ、焔崇に向けて剣を振り上げる。

「あなたの所為で冥府はこの様だ。あなたの所為で冥官に死者も出た。あなたの所為で東嶽大帝《とうがくたいてい》も……」

　烏克が剣を振り下ろした瞬間、ぱっと視界が切り替わる。

　ここは府殿の執務室。冥府の王である東嶽大帝の室《へや》だ。

　几《つくえ》を挟んで座っているのは、大帝その人だった。褐色の肌に銀の髪。いつもは精悍《せいかん》な顔も、少しばかり陰っている気がする。

そう、あの後。剣を抜けなかった焔崇に変わり、烏克を処したのは大帝だった。悄《しょう》然《ぜん》と立ち尽くす焔崇との間に割って入り、一刀で烏克の首を落とした。その光景はひどくゆっくりと目に映り、どこか他人事のように思えたものだ。

大帝の的確な指示で府殿の火を消し止め、救える冥官は全て救命した。先の混乱から数日経《た》って、大帝の室へ呼び出されたのだ。

「先日は、無様なところをお見せしました。今後このようなことがないよう……」

力なく拱手を上げるが、最も敬愛する神は感情を窺わせない声で告げる。

「焔崇。私は王の座を退こうと思う」

「今……なんと？」

「天帝からのお達しだ。この度の冥府の混乱の責任をどうとるのかと。だから私は今の地位を退こうと思う」

「そんな……何故、大帝が……」

「おまえが私の後を継いで、冥府の王となるんだ」

「……俺が？」

耳を疑った。大帝の後を継ぐなんて、できるはずがない。価値観を砕かれ、自分が立っていた場所も思い出せないのに。思わず几を叩く。

「俺の責任です。冥府に仇をなす男を……烏克の本性を見抜けなかった、全ては俺の責任です。俺の所為で府殿に火を放たれ、冥官が死んだ。冥府に混乱を招いたのは、俺の責任です。俺が辞すれば……」

「今のおまえはただの冥官だ。おまえが辞しても天帝は納得しないよ。それに部下の責任を取るのが、上官の仕事だ」

「しかし……！」

大帝は日だまりのように笑う。

「おまえがやるんだ。できると思うから、後を任せたいんだ」

「できません……。俺ではとても……あなたのように、完璧な冥府にならない」

「私の冥府に欠損はないと？」

「今の冥府は公明正大で規律を重んじ、冥官の善を信じる。清廉潔白なあなたの下で動く冥府こそが、最も正しい姿で……」

言いながら、口ごもる。これではまるで、烏克が言っていた自分の姿ではないか。自分の正義を信じていた価値観は、見事に覆されたのに。

「いくら私が尽くしても、自分の理想を叶えても……混乱は起こったんだ。なにを以て、完璧と言うのだ？」

「……………」

押し黙る焔崇に、大帝は目を細める。

「思い出すな。穹の流行病を鎮めてくれと、おまえは自ら毒を飲み、仮死状態になってまで冥府へ進言しに来た。他者の為にそこまでするのかと、その正義感に私は感心したものだ。英雄とは、斯《か》くあるべきだと」

「……おこがましいことです。俺は英雄なんかじゃなかった」

「おまえが他人からどう呼ばれようが、私の下へ来て欲しかった。だから招いた。不老の仙となって、いつまでもその剣を振るって欲しかった」

ついに大帝の期待に応えられなかった。あのとき、剣を抜けなかったのだから。

「冥官の一人となって、おまえはよく働いてくれた。亡者の声を聞き、その善行をよく取り上げ、数多くの亡者を転生へと導いた。おまえの功績だ。それを買ったのだよ。だからおまえを冥官長に任じた」

「その結果、烏克という謀反を見逃すに至りました。俺を後任になど……それは大帝らしからぬ愚行かと存じます」

「愚行とまで言うか」

「恐れながら」

大帝は笑う。

ここまで歯に衣着せない言い方をする部下は、焔崇か青頼《せいらい》くらいだから。

「神は不変だ。老いもしないが成長もしない。そんな私が率いる冥府もまた、不変だ。

だがこのままでは駄目なんだろう。人間だったおまえの方が人間を裁くのに相応しい」

「そんなはずは……」

「不完全なものの方が美しいんだ。人間の、儚《はかな》く迷う姿が好ましい」

だから、と大帝は立ち上がる。

「おまえに後を任せたい」

「大帝……」

「おまえは確かに過《あやま》った。だが正せる。人間にはそういう力がある、未来がある。神では駄目だ」

無理です、そう繰り返す焔崇の言葉を、大帝は一切聞き入れなかった。

「おまえの過ちと共に焔崇の名は捨て、新たに酆都真君を名乗れ」

「酆都を守護する仙」という意味だろう。いよいよ以て、焔崇は焦った。

「俺では無理です！　俺の所業をみなが知っています。誰もついては来ないでしょう！」

「ならば、おまえが冥官として働いた経歴の一切は消す。記録も記憶もだ。此度《こたび》の混乱を知る者も、私を含めて僅かとする。おまえの代を以て、冥府は生まれ変わる」

冥官の記憶を操作するつもりなのか。神の特権を振るうほどに、大帝は本気なのだ。

いつだってこの神は極端で困る。一度決めたら他人の言うことなど聞きもしないのだ。

「寂しいというなら、そうだな……青頼は残していこう。あれがいれば、大丈夫だな」

「ご再考をお願いします！」

「もう決めたのだ」

「大帝……！」

「私は玉京から見ているよ。おまえではどうしても無理だと思ったら……様子くらい見に来るさ」

そう言って神は穏やかに笑う。

「俺には……無理です……」

ついぞ焔崇の反論は聞き入れられなかった。ある日を境に、冥官全員が自分のことを『酆都真君』と呼び始めた。東嶽大帝が是非にと後任に推挙した優秀な仙で、玉京からわざわざやってきたのだと。誰もが疑わなかった。盛大に即位式が執り行われ、そして大帝は姿を消した。焔崇の失態を誰も咎めなかった、口にもしなかった。みな、忘れてしまったのだ。ただ一人、青頼を除いて。

「俺には無理だ……冥府の王など務まるはずもない。この冥府は謹んで、大帝にお返ししなければ」

どうすればこの地位を返上できるのかと考えた。その結果、

「俺は仕事をしない。俺が無能だと玉京に知られれば、大帝は冥府へ戻ってくるはず」

ならば、職務の一切を放棄しよう。冥府の流れが滞っても、自分が王の座にいるよりはマシなはずだ。長い目で見て、その方がいいに決まっている。

「俺の評価が上がるようなことはしない。そして烏克のような例があってもいけない。だから俺はもう、人間の善意を信じない……」

呪いのように繰り返す様を、青頼だけは痛ましそうに見つめていた。


「おまえさま！　なぁ、おまえさま！」

呼ばれ慣れない呼称で、真君は目を覚ました。はっと顔を上げると、宵華《しょうか》が顔を覗き込んできていた。

「おまえさま、寝てないで見ててくれ」

「あー……なんだっけ？」

夢現《ゆめうつつ》の頭で思い出す。

ああ、そうだ。してもいない仕事の休憩にと、梨園《にわ》に連れ出されたのだ。ぽかぽかとした日当たりが気持ちよくて、うたた寝してしまった。

真君が起きたのを確認すると、宵華は背丈ほどもある剣を頭上から振り下ろす。炎虎と戦うときに武器がいるだろうと、青頼が宝物庫から持ち出した一品だ。

宵華はすっかり気に入ったらしい。なんでも『焔崇っぽい』からという、はた迷惑な理由からだ。確かに昔は、大ぶりの剣を好んで使っていたが。

「だからあんな夢を見たのか……勘弁してくれ」

頭を抱える。剣を見れば、烏克に剣を抜けなかった昔の傷を嫌でも思い出す。

宵華は稽古だと言って譲らないが、どう見ても剣に遊ばれている。先日まで病床の皇女だったのだ、剣術のいろはなど知るはずもない。対してこちらは腐っても元武官。枯れても元英雄である。危なっかしくて見ていられない。

傍では炎虎が剣の切っ先を気にして、視線を動かしている。こちらも危ない。

「あああぁぁ……そんな持ち方したら怪我するってば……！」

居ても立ってもいられずに、腰を浮かせる。しかし思い直して腰を下ろす。その繰り返しだ。見かねたのか、青頼が茶杯を差し出してきた。

「心配なら、真君が教えて差し上げればよろしいのに。新兵に指導するなど、よくあったでしょう？」

「はん！　俺は仕事もしないが、剣も握らない。そう決めたんだ」

「根深いですね。あのとき、剣を抜かなかったことを、こんなに気に病むなんて。将軍でしょう？　英雄でしょう？」

ぐさぐさと刺さることを平気で言う。茶杯を奪い取って、青頼を睨み付けた。

「俺は英雄じゃない。それに気付かなかったただの間抜けだ。周囲に祭り上げられていただけの、馬鹿な男だ。こんな無能は早く切り捨てて、先代が戻ってくれば全部丸く収まるのに」

「自虐的ですね……。才も実もない人間を、わざわざ先代が起用したと？」

「先代は見る目がなかった。俺を後任にするなんて、あのときの先代はどうかしていたんだ。もしくは酔狂でやったとしか思えない」

ずけずけと言い捨てると、青頼は大袈裟にため息をつく。

「そっくりそのままお伝えしておきます。いくら先代を貶《おとし》めても、現状は変わりませんからね」

「俺からの書簡は全部無視するくせに、おまえの連絡には返事があるんだよね⁉　早く冥府に戻ってくるようにって、伝えておいて！」

「嫌ですよ。あくまで私は『酆都真君』を補佐するように言われてるんです。そのお役目を放り出せと？」

「俺のお守りよりも、先代の補佐の方がやり甲斐はあるだろう」

しかし青頼は涼しげに笑うばかりだ。

「これはこれで、私は楽しいですけど」

「先代も物好きだが、おまえもいい加減どうかしてるな」

「お褒めいただき光栄です」

主君も主君なら、臣下も似てくるのか。盛大に絶望のため息を零《こぼ》していると、宵華がぱたぱたと走ってくる。

「なぁなぁ、おまえさま！　見ていたか？　少しは上達しただろう？」

「あぁ……どうかな。剣技なんて俺みたいな素人にはよくわからないって」

「青頼はおまえさまの助言を仰げと言っていたぞ。達人なんだろう？　その一刀は山を両断し、海を裂いて空を割って星々を打ち砕いたんだろう？」

「できるかい！」

余計なことを吹き込むなと睨むが、青頼は盆で視線を遮ってしまう。

「俺は剣は触らないことにしてるの。刃物なんて危ないでしょうが。それにほら、いつも帯刀してないでしょ？　達人なら肌身離さずだろうけどね」

「ふぅん……そうだな」

宵華はいまいち納得していない様子だ。首を傾げているところに、再び青頼が不要なことを言い出す。

「こうは言っていますけどね、毎日毎日飽きもせずに、先代に挑んでいたんですよ。

ついに一本も取れませんでしたが」

「ほぉ。おまえさま、随分と意欲的だったんだな」

「一本も取れなかったってことは、大したことないってこと」

言い捨てた言葉に、宵華は確信を持ったようだ。真君がかつて剣を握っていたのは事実なのだと。

「挑もうという気概があるのは、勝とうとしたからだろう？」

「勝とうなんておこがましい話だ。相手は武神にも劣らない、東嶽大帝だ。今思えば、怖い物知らずで無謀なだけだったんだよ」

「先代は、そんなに強かったか？」

「強かったなんてもんじゃない。相手は神だぞ？　人間ごときが付け入る隙なんて、そもそもなかったんだ。それに気付かないで、馬鹿みたいに毎日勝負を挑んで……」

言いかけて止める。

あの頃は、日々が輝いていた気がした。信頼する主君がいて、どこか適当な秘書官に軽口を叩かれ、慕ってくれる部下がいた。なんの迷いもなかった。己の正義を信じて、ただ職務に邁進《まいしん》すればよかったのだ。だから面の皮も厚く、大帝に挑めたのだ。だが自分の矮小《わいしょう》さに気付いてしまった。鍛錬を積んでいれば、揺るがない正義があれば努力は報われるのだと。思い上がっていたのだ。

「真君はいい線いってましたよ。ただどうしても、『大帝は無敵である』なんて理想がある手前、捨て身で挑むということをしなかっただけです」

「遠慮していたんだな」

青頼と宵華は好き勝手に言う。

「どだい勝てない勝負だったんだ。というか、なにもかも先代には敵うはずもないだろう。見てみろ、今の俺と冥府を。比べるべくもない。卑下しているんじゃないぞ？　事実を述べているだけだ」

「そんなに昔の冥府は素晴らしかったか？」

「当たり前だ。俺は崔郭《さいかく》に放り投げているが、先代は全ての亡者の履歴に目を通す。悪行と善行を秤《はかり》にかけて、粛々と裁決する。迷いがないんだな。自分の信念を疑わず、決して揺るがない、不動のお方だ。その判断に間違いや非などあるはずがない」

「ほぉ」

そんな主君に仕えたのだ。これだけは胸を張れる。今となって誇れるのは、そんなことくらいだ。しかし青頼は、これにも冷や水を浴びせてくる。

「またそうやって過大評価しますね。私に言わせれば、先代は人間のような情けがないんですよ。神なんてそんなもんです。冷血に淡々と裁決していただけですよ」

「そんなわけあるか。誰にでも平等に接する優しい方だ」

「抜けたところもありましたよ。禄命簿にお茶をこぼすし、段差に蹴躓《けつまず》いて転ぶし」

「嘘を言うな」と睨むが、青頼は意に介さない。

「真君が思ってるほど、立派な人物じゃないですよ。その妄信をお止めなさい。だからいつも先代を引き合いに出して、自分と比べて勝手にへこんで……実に非生産的です。非効率的で非合理的です。腑抜けの唐変木です」

「おお、なんとでも好きに言ってくれ。事実だ」

「あぁそうですか」と青頼はあしらって、宵華に向き直る。

「お茶のおかわりはいかがです？　この茶葉は大変珍しいんです。真君への献上品ですよ。勝手に使ってますが」

「うむ。いただこう」

　宵華が茶杯を受け取ろうとしたとき、つるりと茶器が滑った。青磁の碗は地面に叩き付けられ、高い音とともに大きく砕ける。

「す、すまん！」

　慌てて破片を拾おうとするが、それを青頼が制した。

「構いませんよ。お怪我しますから、私が拾います」

「高い茶器だったろう？　これも真君への献上品か？」

「ええ、そうですが……大丈夫ですよ」

気を遣わせまいと青頼は笑う。逆に心苦しくなったのか、宵華はあわあわと所在なげに立ち尽くす。

割れた破片は三片だった。手元で合わせて、青頼がひとつ頷いた。

「修復できますよ。それもまた味、というものですね」

「味か？」

「割れてもまた直せるのは、人間も同じですよ」

欠片を盆に丁寧に載せて、青頼は楽しそうに目を細める。

「私も神の端くれですから、先代の意思は理解しているつもりです。私や先代のような、生まれついての神は不変の存在。成長もしないし、壊れたら壊れたままです。しかし真君や宵華様のような元人間は変われます。壊れても元に戻ろうと努力する生き物です。そこが面白い」

「……先代も似たようなこと言ってたな」

ぼんやりと思い出して、真君は呟く。

「そうでしょう？　これはもう、神族の共通認識なんです」

「青頼は神なのか？」

「末端ですけど、一応ね」

そう言って笑うが、宵華の目は割れた茶器に注がれている。罪悪感で肩を落としているのを見かねて、青頼はわざとらしく提案した。

「そういえば宵華様。剣があったら馬も欲しいですよね」

「馬……」

「焔崇殿は勇猛な軍馬と共に、戦場を駆け抜けたとか。本当ですか？『焔崇伝記』にはなにか書いてありますか？」

よりによってその話題を振るのか、と睨むがこれは黙殺された。生真面目な宵華はわざわざ古書を取り出して、ぱらぱらと頁をめくる。

「焔崇は山のように大きな暴れ馬を乗りこなしていたんだ。一晩で千里を駆けると書いてある。確か雷公馬《らいこうば》と言ったか」

「へぇ、そうなんですね」

ちらりと青頼が視線を寄越してくるが、真君は慌てて首を振った。山のような馬が居てたまるか。極めて普通の軍馬だったはずだ。

無言の訴えを笑顔で受け流し、青頼は尚も続ける。

「山ほど大きくはないですが、地獄に雷公馬はおりますよ。八本足の暴れ馬なのですが、英雄しか乗りこなせない馬と言われておりまして、焔崇殿が挑んだとか挑まなかったとか……さて、どうでしたかね？」

「焔崇が!?」

　案の定、宵華は身を乗り出してくる。

「昔は先代が乗っておりましたが、こちらも炎虎と同じで、今は主不在です。元気が有り余っているので、責め苦の一環として毎日元気に亡者を踏み砕いてますよ。ご覧になってみますか？」

「見たい！」

「きっと栄麗《えいれい》殿が知っていますよ。地獄での近況も知りたいですから、ちょっとお使いをお願いできますか？　ついでに雷公馬をご見学なさったらよろしいかと思います。ね、真君？」

「お、おう。好きにしたらいいと思うよ」

　これ以上、焔崇の話をされても困る。体よく留守になってもらえれば幸いだ。

　首尾良く地獄行きの馬車を手配して、青頼は快く宵華を送り出す。その間際、宵華は振り返り、びしっと指を突きつけた。

「おまえさま、しっかり仕事をするのだぞ。すぐに戻るからな。青頼、見ていてくれな」

「承知いたしました」

　本当にすぐ帰るつもりなのだろう。ばたばたと、炎虎と共に駆け足で去って行く背中を見送って、青頼は茶器を片付け始める。

「真君が雷公馬を引き継げばよろしいのに。乗りこなす自信がないのですか？」

「先代のものは先代のものだ。俺が手を付けていいわけがない。炎虎だってな、行く行くはお返しするぞ。今は少し預かっているだけだ」

「先代はそんな細かいことを気にしませんよ。冥府を任せるとおっしゃったんですから、まるっと真君のものです」

「いいや、全てお返しする」

あれもこれも、無理矢理押しつけられても困るのだ。ふんと余所を向く真君に、青頼は嘆息する。

「頑迷ですね」

もういいです、と諦めて、真君の手から茶杯を奪い取る。

「さ、執務室に戻ってお仕事しましょう。見てますから」

「…………」

「見てますからね」

宵華の指示を忠実に守る気らしい。青頼は瞳孔の開いた目で一瞬たりとも見逃すまいと、にじり寄ってくるのだった。うざったいこと、この上ない。

「絶対に突き返してやるからな。冥府もおまえも！」

「はいはい。楽しみにしておりますよ」

真君は盛大にため息を吐いて几に突っ伏した。

＊　＊　＊

宵華はほくほく顔で地獄からの帰路についていた。

「炎虎よ、見事な馬だったな」

隣を歩く炎虎は、ぐるると同意の唸りを上げた。地獄で見てきたばかりの雄姿を思い出し、俄然《がぜん》鼻息も荒くなる。

雷公馬は紫の肢体に白銀の鬣《たてがみ》を持つ、大きな馬だった。雷の名を冠するだけあって、紫電を纏い、大きな角に雷気を集めるのだという。

栄麗が率いる歴戦の亡者たちは、我先へと雷公馬の足下へ集まり、力強い蹄《ひづめ》に見事に踏み荒らされていた。追い打ちをかけるように降ってくる雷が、刺激があって実によろしいのだと、栄麗が言っていた。

「雷公馬はただ暴れているのではなく、明らかに乗り手を選んでいる。あれは恐らく、力で制することはできないだろう。それくらい気位が高いのだ。英雄しか乗せないという、気概を感じたぞ。わたしが無理に乗ろうとすれば、自死しかねん」

「ぐるる」

「おまえが好敵手を求めていたように、雷公馬は主人を欲しているのだ。焔崇は挑んだのだろうか。挑んだとしたら、必ず乗りこなしただろうな」

そう思うだろう？　と問いかけると、炎虎は興味がなさそうに欠伸《あくび》をする。

「焔崇が颯爽《さつそう》と駆ける様を見てみたいな。さぞや――」

言いかけて、宵華は足を止めた。

真君の執務室の前、崔郭が白い顔で立ち尽くしていたからだ。

「崔郭、どうした？　真君は中にいるのだろう。まさか逃亡したのか？」

宵華が顔を顰めた途端、崔郭は勢いよく両膝をついて宵華に拱手する。

「宵華様……！」

「何事だ？　仕事が嫌だと、夫が駄々をこねているのか？」

「今から奏上申し上げるのですが……きっとお断りになるでしょう。しかし、今回ばかりは困るのです！　どうか宵華様のお力をお借りしたい！」

崔郭が言うには、先日宵華が真君を連れ出し、結果的に地獄の体制を見直させたことにいたく感激したらしい。

切々と語る崔郭の顔が白いのは過労だろうか。腹を押さえているので、胃痛も患っているのかもしれない。宵華は病床の自分の姿を重ねて、何度も頷いた。

「共に進言してみよう。言う前から気落ちするでない」

「どうか、よろしくお願いいたします！」

「おまえさま、戻ったぞ。なにやら申し入れたいことがあると、崔郭が――」

崔郭を伴って室に入る。こちらを見た途端、真君ががたがたと椅子を蹴って立ち上がる。速やかに窓から逃げだそうとするので、これは炎虎を遣わせて止めた。

「いたたたた！　食い込んでる！　爪が食い込んでる！」

「逃亡癖をどうにかしないといけないな。よいから座れ、おまえさま」

力尽くで座らせると、ようやく諦めたのか几にだらっと身体を投げ出してしまう。

「……話くらいなら、聞きますけど？」

この一言だけでも光明らしい。

崔郭はぱっと顔を輝かせて、厚い冊子を几に置いた。

「なにこれ。禄命簿《ろくめいぼ》？」

「李推《りすい》という名の亡者の、禄命簿でございます」

「ふぅん」

禄命簿に触りもせず、真君は適当に相槌を打つ。

「十日後に裁判を控えております。実はこの者の処遇について紛糾しておりまして」

「地獄行きか転生かってこと？」

「まさしく」

それだけ告げて席を立とうとするので、慌てて崔郭は追いすがる。

「真君のご判断を仰ぎたいのです。司命《しみょう》と司録《しろく》からの報告では、この者には大いなる善行と、大いなる悪行がありまして……冥官の間で判断が割れているのです」

「それで、俺に決めて欲しいって？」

露骨に顔を顰めた真君が、ざっと室を見回す。唯一の窓には炎虎を張り付かせ、気がつけば入り口の戸の前には青頼が立ち塞がっている。いつでも取り押さえられるように、宵華がじりじりと距離を詰める。逃がすはずがない。

「……もうちょっとだけ話、聞こうか。司命と司録がなんだって？」

聞き慣れない言葉に首を傾げていると、青頼が素早く教えてくれる。司命と司録というのは双子の神で、人間の善行と悪行を記録する役目をしているという。禄命簿にはその人間の所業が全て記録されていて、それを見て裁判の行方が決まる。責め苦を受けるべき罪人なのか、転生を許された善人なのか。本来ならばそれは、冥府の王の役目であるらしい。本来ならば。

真君はそれを全て、冥官長である崔郭に放り投げているという。全く以て、この男は仕事をしない。むむと眉を上げる宵華に気付いたのか、真君は一応話を聞くという姿勢を見せた。これ幸いと、崔郭は言葉を続ける。

「崔郭に任せるよ」

「李推という男、大陸を渡り歩く貿易商を生業《なりわい》としておりました。品々の買い付けの目利きは一流、僻地の村々が織る衣を高く買い上げ、流行る町で更に高く売る。随分と儲《もう》けていたようですが、品を高く買い取ってもらえたり、雇用され救われたりした人間も多々おり、中には『英雄』と呼ぶ者もおったようです」

「英雄!?」

思わず宵華が声を上げる。が、すぐに「続けてくれ」と口を噤んだ。

「ときには玉の採掘も手がけ、希少な石を売買していたようです。そんな折、かなりの規模で採掘していた鉱山で、事故が起こりました。掘り進めていた奥から毒気が出てきたのです。李推は身を挺《てい》し、急いで坑道を閉じたそうです。これにより、毒気を吸わずに済んで助かった労働者がざっと百人、これには李推の身内も含まれます。これが善行です」

「で、悪行は?」

「坑道の最奥で作業していた労働者をかなりの数、置き去りにしました。奥に人が居るのを知っていて、坑道を塞いだのです。こちらは残らず毒気で死亡しております。これもざっと百人ほど」

「……なるほど」

すこし間を置いて、真君は唸る。

ようやく興味を持ったのか、禄命簿に手を伸ばして該当する頁を探す。その目がどこか鋭かったので、宵華は少し驚いた。目を瞬かせながらも、宵華も禄命簿に首を突っ込む。

「坑道を塞がなければ、もっと多くの死者が出ていたかもしれなかったのだな。塞がざるを得なかったのだろう。苦しい判断だった」

「だが奥にいる労働者を見捨てて、見殺しにした。己の資産と保身、それと人命を秤にかけて、我が身かわいさに走ったんだ。助けられた命もあっただろうに」

なにかを思い出すかのように目を細めた後、真君はさらりと言い放つ。

「地獄行きだ」

「しかし、おまえさま……！」

宵華が声を上げる。

「その男は労働者を救ったのだろう？　李推なる男は、人に褒められることをしたのだ」

「……『英雄』なんて呼ばれてたから、肩を持ちたいんだろうが……どれだけ人から褒められる偉業を為しても、人間なんて欲深いもんだ。腹の底ではなにを考えているかわからない」

「でも確かに……人を助けたのだ。これは事実だろう？」

『英雄』と呼ばれる程の人物なら、当然、愛と正義に基づいて行動をしたはずだ。よかれと思った結果に、たまたま悲劇が付随しただけ。宵華はそう思ったが、珍しくやる気を出した真君は、にべもなく言い捨てる。

「でも確かに、人を殺した」

「だけど……」

「これも事実だ」

「真君代理の宵華様は、転生をお望みである、と。禄命簿の記載は、あくまでその人間の功罪のみ。起こした行動の結果だけです。本人がなにを思っていたか、などは記されておりませんからね」

青頼の感情のない声と同時に、崔郭は大きく息をついた。

「まさに冥官の間でも同じ議論が繰り返されました。本人を召喚して話を聞きもしたのです。どこにも非のない言葉でした。しかし全ては主観でございます。こういう場合は冥官として、一切を信用することはしません」

「だが判断する材料としては、禄命簿の記録と本人の証言のみなのだろう？　なにを信じればよいのだ？」

腕を組む宵華を横目に、真君はゆらゆらと椅子の背にもたれた。

「昔……まだ先代が現役だったときに、似たような判例があった。一見するなら人助け、しかしその実は己の地位と名誉の為に、他の人命を見捨てた。先代は悪行を重く判じて、結局は地獄行き。先代の判例に倣えば、今回の件も地獄行きだ」

議論の余地もない、と真君は言い放つ。やはり宵華は驚いて目を丸くした。

これが先ほどまで、仕事をしたくないと窓から逃げだそうとした男だろうか。意地のようなものが透けて見えた。

「先代は先代、おまえさまはおまえさまだ。おまえさまはどう思うのだ？」

「俺の考えなんてどうでもいい。先代の判断が正しい。粛々とそれに倣うだけだ。これは俺の功績として残さないでくれよ」

「おまえさまの言う、過去の例と李推は違うだろう。同じ人間ではない。ならば一概に地獄行き、というのも違うのではないか」

「あのねぇ、宵華ちゃん……」

珍しく語気を強めて、真君が立ち上がる。

「冥府には何千何万という判例があるの。積み上げてきた実績があるんだよ。それに従わずにどうする。これまでの冥府の働きをなかったことにするの？」

「それは全て先代の判決だろう？　今の冥府はおまえさまに託されたのだ。おまえさまの考えで進めるべき裁判なのだから、なんでもかんでも過去に倣えばいいというものではない」

「俺が判断しても地獄行きだ」

「再考の余地はあるだろう。少なくとも英雄と呼ばれていた人物だ、善意を信じて転生でもよかろう」

「頭が固いな、このお嬢ちゃんは……！」

「おまえさまが意固地になっているのだろうが！」

ぐぬぬと睨み合う二人を、崔郭はおろおろと交互に見やる。とても口を挟めた雰囲気ではなかった。しかし青頼はにこにこと楽しげだ。

「おやおや、白熱しておりますね。しかしここで議論しても仕方ないのでは？」

「おまえも転生させろと言うのか？」

じろりと睨む真君に、青頼はまさかと笑う。

「私は判決に一切の口出しをしませんよ。秘書官ですから、そんな権限はありません。そこで、あくまで冥府の王を補佐する役としての提案ですが、酆都に行ってみたらどうです？」

「酆都に？　李推に会えと？」

「禄命簿も本人の言葉も信用されないのでしたら、ご自分の目で確かめてきたらよろしいかと。裁判を待つ為に酆都に滞在しているはずですから、お二人で人となりを見てきたらどうでしょう？　ここで答えの出ぬ議論をするよりかは、いくらか建設的かと存じますよ」

青頼の提案に、宵華はぱっと顔を上げる。

「そうしよう。よし、おまえさま行くぞ」

「俺は断じて行かないぞぉ！　俺自ら亡者の身辺調査なんて、してたまるか！」

真君は几にしがみつき、両腕がもげても離れないという姿勢だ。すかさず青頼は棚に飾ってあった光る像を宵華に握らせる。

「金剛石の真君像です。どうぞ遠慮なく」

「ふん！」

気合い一発。地上で最も硬いとされる石は、一握りで木っ端微塵となった。飛び散った金剛石の粉塵を浴びて、真君はその場に屹立《きつりつ》する。

「………行きます」

とぼとぼと宵華の後を歩く背中に、青頼は軽快に手を振る。

「いってらっしゃいませー。どうぞご安全に」

＊　＊　＊

日が暮れ始めた酆都で、真君は盛大にため息を落とす。敢《あ》えて官服は着なかった。

冥官として会うと、自分に都合の良い話しかしないだろうから。

「ちょっとだけ様子を見たら、すぐ帰ろうね」

「占い師でもあるまいし、顔を見ただけでなにがわかるものか。ちゃんと話をしなければならんぞ」

「嘘でしょ？　個々人の事情に首を突っ込まないのが定石なんだよ」

「それは先代の定石だろう？　新しい時代ではもっと柔軟に対応するのだ」

「俺の時代なんてなくていいの。今まで通り、先代のやり方をなぞるだけでいいの」

「事勿《ことなか》れ主義では革新は生まれんぞ。わたしは真君代理でもあるのだから、よりよい冥府を目指す。その為には身を切る覚悟だ。痛みを共有しような、おまえさま」

「切りたくありませんー！　痛いのは嫌ですー！」

結局こうやって、いつも宵華に巻き込まれ、したくもない仕事に駆り出されるのだ。真君代理にと宵華を推した青頼の策略に、まんまとかかっている。それも気に入らない。いっそ逃げてしまおうかと自棄《やけ》になりかけた頃、宵華が声を上げた。

「おまえさま、あの男じゃないのか？　禄命簿にあった似顔絵にそっくりだ」

「どれ？」

言われて覗いてみると、確かに禄命簿に記された顔だ。すらりと背は高く、なかなかの美丈夫だ。屈託のない笑顔が、どことなく烏克を思い出させて、真君は目線を落とした。

「もう帰ろうって。ほら、露店の飴《あめ》ちゃん買ってあげるから！」

「まだなにもしてないぞ。あ、酒場に入っていく。わたしたちも行こう」

「えぇ……本気？」

問わなくても、わかっている。宵華はいつでも本気だ。意気揚々と勇む足取りで酒場に入るその後ろを、渋々とついて行くしかない。

賑わう雑多な店内で李推の姿を見つけると、宵華は一直線に向かっていく。おそらく策などないだろう。真正面から実直に問いただすに違いない。真君は顔を手で覆ってから、一度宵華の手を引いた。

「わかった……わかったから。俺に任せて……ちょっと黙っててちょうだいよ」

嫌だけど。心の中で付け加えてから、真君は店で酒瓶を一本注文した。それを片手に、真君は足取りも重く、李推の隣にひょいと顔を覗かせたのだ。

「あんた、李推だろ？　顔を知ってるよ。うちの村の衣を売ってくれただろ？」

愛想笑いを浮かべてそう言ってから、これはそのときの礼だと酒瓶を差し出す。李推は一瞬驚いたように目を見開いた。しかしどこかで縁があったのだと思ったのか、彼は破顔した。

「おお、俺を知っているのか？　あちこちで商売をしていたからな、どこかで見知ってくれたのか」

「当たり前だろ。お陰で大分助けられたよ。とは言え、俺も妹も流行病であっさりだ」

居住まいを正して座る宵華に視線を投げると、李推は少なからず目元を緩ませる。

「それは災難だったな。俺もまぁ……あっさりだ。屋敷に強盗が入ってな。襲われて……気がついたら酆都にいた。人生の最期なんて、そんなもんだな」

李推は笑う。邪気のない笑顔だった。これもまた烏克を思い出させる。忌まわしい記憶を振り払うように、真君は「まぁ食べてくれ」とそれなりに高価な料理を注文した。警戒されないようにと、とにかく笑顔で酒を勧める。

「今夜は俺の奢《おご》りだ。好きに飲んでくれ。代わりと言ってはなんだが、あんた英雄だろ？　冒険譚《たん》を聞かせてくれよ。うちの妹が聞きたがってさ」

「英雄か……。そんな風に呼んでくれる人もいたな。そうだな、なにを話そうか」

必死に口を噤んでいた宵華の目が、爛々と輝き出す。その期待に応えようと思ったのだろう、李推は声を上げて「よし」と笑った。

「これはどうだ。俺は大陸中を旅していてな、あるとき盗賊に襲われている村があった。なけなしの金品を奪い、女子供も売り払おうという腹積もりだったんだ。俺はすかさず助けに入った」

「さすが英雄だな！」

おお、と宵華が感嘆のため息を零す。

「本当はな、その村で宿を借りたかったんだ。でも襲われたら泊まるところがなくなる。だから戦った。仲間が居たからな」

「謙遜するな」

二人の会話を横目に、真君は杯を呷《あお》る。李推の言葉の全てが出鱈目《でたらめ》ではないだろうが、事実でもないだろう。禄命簿には村を救った記述は確かにあった。しかしそれは、李推が主導ではなく、あくまで巻き込まれた形だった。流れに乗って仕方なく、だ。特筆すべき善行ではない。

真君は調子よさげに相槌を打ち、李推の杯に酒を注いだ。そこに宵華が賞賛と羨望の眼差《まなざ》しを向ける。これに関して偽りはない。気分を良くしたのか、李推は上機嫌で弁舌を振るう。

ときに傭兵《ようへい》まがいのこともして、身を挺して仲間を救ったとか。人を襲う妖魔を退治したとか。真君の目には、自分の行動の一を百として手柄にしているように見えた。あわよくば他力に縋り、見栄と保身を第一に考える、と。

どうしても素直に受け止められないのは、烏克がちらついてしまうから。烏克もまた、調子の良いところがあった。今思えば、他人の手柄を横取りする真似もしたのだろう。でなければ、ああも多くの武功はあり得ない。結果として副官に取り立てもしなかっただろう。当時の真君は疑いもしなかったのだ。烏克の言葉は全て事実であると、そのままを受け止めてしまっていた。今の宵華のように。

だから心苦しい。目を輝かせて李推の話を聞いている宵華を見ていると、止めてくれとその目を塞ぎたくなった。青臭かったかつての自分を見ているようだから。

いつの間にか、真君の顔から愛想笑いが消えていた。しかし宵華はそれに気付かないままで、李推の話に一心に耳を傾ける。

「他にはどんな武勇があるのだ？」

「またあるとき、名のある馬を見つけた。雷気を纏う馬だった」

「雷公馬か!?」

「そう、伝説にあった馬だ。角を持ち落雷を呼び出す、大きな馬でな。それに乗って各地を巡ったんだ」

「本当か!?」

興奮のあまり、宵華は卓をばんばんと叩く。

「聞いたか、おまえさま。李推は正真正銘の英雄だ。焔崇にも劣らないぞ！」

「へぇ……」

引き合いに出されて、さすがに言葉を詰まらせる。あれだけ焔崇がかっこいい、焔崇が素晴らしいと毎日聞かされていたのに、あっさりと鞍替えされた気分になった。

英雄なら誰でもいいのだろうか、と思い至る。気分が良いわけがない。それは嫉妬なのではと自覚した自分も嫌になったが。一刻も早くこの場を去りたくなって、杯に残った酒を一気に飲み干す。李推の杯にも酒を注いでやりながら、真君は切り出した。

「玉の採掘もしてたんだよな。大きな事故があって、何人か死んだと聞いたけど？」

「あぁ、あれか……。山を採掘していると毒気に当たることが、往々にしてあるんだ。呪いを引き当てたんだとかいろいろ言われるが……運が悪かったんだよな」

「毒気を掘り当て……坑道を閉じた？　閉じ込められた人間がいたらしいけど」

「そう、仕方なかったんだ。俺は迷った。坑道に残っていた人間を助け、他の大勢を危険に晒すか、それとも坑道を閉じて僅かな犠牲をとるか」

「あんたは坑道に残った人間を見捨てた」

棘のある言い方に、李推は露骨に嫌な顔をする。

「見捨てたなんて、人聞きが悪いな。あのとき、俺も採掘の作業をしてた。指揮を執っていたが、先の方で毒気を掘り当ててしまったと報告があった。ああいうのは迅速な判断が求められるんだ。迷いはしたが、後方にいる大勢の労働者を優先するべきだと俺は決断した。どうしても犠牲が伴うこともあるだろう。そのときは、より数の少ない方を選ぶべきなんだ」

「なるほど」

「俺は今まで、助けがいる人間には全て手を差し伸べてきた。あのときも、助けられるならそうしたさ。今でもそうする」

「最善を尽くしたと、胸を張って言えるわけだ」

「当然だ。冥府の王に誓ってもいい」

「……おまえさま。言い方があるだろう」

英雄を侮辱するのかと、宵華の顔が言っている。思うところがないわけじゃないが、宵華の目の前で、あれこれと底意地悪く追及するのも大人げない。

真君は直ぐにぱっと笑みを浮かべる。

「すまんな、悪気はないんだ。気にしないでくれ」

＊　＊　＊

どうにも不可解だと、宵華は首を傾げた。真君の機嫌が悪いのだ。

李推と別れて宮城へ戻ってきたが、夜も更けた時刻なのに真君は執務室へ向かう。そのまま椅子にもたれて、李推の禄命簿を開くのだ。真面目に仕事に取り組む気になったのかと喜んだが、真君はむっつりと黙ったまま。先ほどまで、李推と楽しそうに飲んだり食べたりしていたのに。意味がわからない。

なにかあったのかと声をかけるよりも先に、青頼が室にやってきた。

「おかえりなさいませ。いかがでしたか？」

慣れた手つきで茶を用意して、真君に勧めるも「あぁ、うん」と要領を得ない返事だけ。気にもせずに、青頼は宵華にも茶杯を勧める。

「どうでした、李推は」

「紛《まご》うことなき英雄だったぞ」

「おやおや。どんな逸話が出てきましたか？」

「それがな――」

嬉しくなってあれやこれやと李推の武勇を披露すると、青頼はにこにこと頷いて聞いてくれた。

「それが本当なら、なかなかの英傑ですね」

「そうだろう？　あの雷公馬を乗りこなすほどだ。気位の高い雷公馬は、悪人など乗せない。李推が英雄であり善人の証だ」

「では、宵華様はやはり、李推は地獄へ行くべきではないと？」

「当然だ」

あんなに晴れ晴れしい活躍をした人間を地獄へ送るなど、あるはずがない。胸を張って言うと、青頼は「そうですか」と微笑んだ。

「真君はいかがです？　難しいお顔をされていますが、気になるところでも？」

「……気になるところしかないな」

ようやく顔を上げ、几に肘をつく。

機嫌はやはりよくないらしい。眉間に皺が寄っていた。

「どうされるおつもりで？」

「まぁ……適当に」

語尾を濁し、湯気の立つ茶をすする。そんな曖昧な態度を、青頼は鋭く窘めた。

「駄目ですよ、宵華様に内緒で裁決などなさらないでくださいね」

「その方がみんな平和だよ？」

「おまえさまは、李推を地獄へ落とす気か？」

宵華が問うと、一拍おいて真君は諦めたように大きく息を吐いた。

「まあね」

「李推は立派な男だぞ。人を助け、悪を憎む正義感を持った人間だ」

「それは本人の言葉が事実だっていう、前提だろ」

「李推が嘘をついたと言うのか？」

とてもそんな風には見えなかった。

「少なくとも、言っていたこと全てが本当じゃない」

「多少の脚色はあるかもしれないが、全部が出鱈目じゃないだろう」

「あんまり言いたくないけどさ、人間は弱いんだ。欲深くて痛みを嫌い、自分を守る為に嘘をつく。他人のことより、自分を優先する。そういう生き物だ」

いつもは死んだ魚のような目をする真君も、今ばかりは真摯な光を灯《とも》す。

「どれだけ正義を口にしても、地位も名誉も財産も、全てをなげうって他人を救うなんて……周囲を上手く欺いているだけだ。もしくはただの馬鹿だ」

理想の英雄像を――焰崇をコケにされ、かっと頭に血が上る。

「焰崇を馬鹿と申すか!?」

「俺から言わせれば、お人好しの馬鹿だ」

「そんなはずはない！　焰崇は冥府の王に招かれるほどの聖人だぞ！」

「冥府の王は見る目がなかった。とんだ阿呆《あほう》を招き入れてしまったと、本当は後悔したかもしれないぞ」

「そんなわけあるか！」

激して立ち上がる宵華を、青頼が手で制する。

「真君、それは言い過ぎですよ」

「…………あぁ、すまん」

我に返ったのか、真君が小さく呟く。

青頼に促されて、宵華も長椅子に渋々と腰を下ろした。

「おまえさまは知らないかもしれないがな……焔崇はその昔、諍《いさか》いを起こした部下を判じたことがある」

「……例の伝記？」

宵華が頷く。少し間を置いて、真君は「聞かせて」と言った。

「敵と内通していたと疑いをかけられた武官がいた。その武官の言を信じる者と、疑いは事実であると責める者と、周囲は二つに分かれたという。有罪ともなれば極刑に処される人間は百にものぼり、無罪となれば救える者も百といた。武官は無実を訴えた。多くの武功を挙げていた優秀な武官だったからな。焔崇は武官の善行を信じた」

「……それで？」

「やがてその武官は副官に取り立てられ、焔崇をよくよく助けたという。焔崇が冥府へ旅立った後のことも任されて、やがて穹の宰相にまでなったのだ。焔崇が武官の疑いを退けたから、立派な官吏となったのだ」

「その武官の名は残ってる？」

「烏克という」

伝記に記された名を言うと、真君は「そう」と気のない返事をする。

「武官の善意を信じたからこそ、その後の昇進に繋がり穹の繁栄に尽くしたのだ。『人は生まれながらに善の心を持っている。それを信じれば、決して悪を為さない』、焔崇もそう言っている」

何故かちらりと、青頼が真君を見やる。当の本人は頭を抱えて呻いてしまった。

二人の様子に首をひねりつつも、宵華は続ける。

「だからわたしは、李推の善意を信じる。商売を通じて人々を救ったのは事実だ。助けられる人間は決して見過ごさないと、本人は言っているんだ。それを信じるべきだ」

本人の言を疑うべきではないし、それを疑うのならなにを信じればいいのかと、宵華は強く言った。

しかし真君には異論があるらしい。怖い顔をしたままで立ち上がった。

「人は生まれながらに弱い。その者が持つ善は、本人の努力で手に入れたものだ。信じるのはその努力と行動であって、言葉じゃない。信じるのは本人の言ではなく、周囲からの客観的な評価だ」

それだけ言うと、真君は身を翻して室を出て行こうとする。

「おまえさま！」

「俺は仕事はしない。青頼、後は任せる」

言い捨てて、さっさと室から立ち去ってしまった。

残された宵華はしばし呆然として、扉を見やる。が、すぐに思い直して、憤然と茶杯を持ち上げた。

「あの男は捻《ひね》くれている」

「そうですね。ちょっといろいろ拗《こじ》らせちゃってるんですよ」

青頼は笑って、飲み干された茶杯におかわりを注いだ。

「真君はその昔、冥官長だったのですよ」

「冥官長？」

意外だ。宵華は目を開いた。崔郭の前任だろうか。

「実直で真面目な人柄を先代が見込んで、是非にと冥官に推したのです。働き者でしたよ。朝も晩も冥府を駆け回って、寝る間もないくらいに」

「朝も晩も……？　あの真君がか？」

「今の崔郭殿と同じく、冥府の王の補佐をしておりました。つまり亡者の功罪を調べ、地獄行きか転生か、その一案を先代に奏上する。そういう役目でした」

でもね、と青頼は茶壺に入っていた茶を一度水盂《すいう》に全て捨てた。新たに淹れ直すのか、別の茶葉を取り出し、丁寧に茶壺に入れる。

「毎日毎日、亡者の悪意と苦しい言いわけに触れるわけです。やれ自分は悪くない、仕方がなく悪事を働いた。やれ自分の身が可愛いから減刑しろ。自分は無実である、などなど」

「さもありなん」

「真君は本来、胆力の強いお方。しかし人間の暗い部分に数十年も触れ続けて、少し疲れてしまったのですね。そんなときでした」

茶壺のへりに沿って、あふれる程の湯を注いだ。浮き出た灰汁《あく》を、茶杓《ちゃしゃく》を横に滑らせて取り除いていく。

「ある亡者の裁判が行われることになったのです。真君の身の上に関わるので、あまり詳しくは申し上げられないのですが、このほどと、とてもよく似たものでした」

「李推の件か？」

「はい。大きな善行と大きな悪行。均衡する所業に、冥官たちは紛糾しましたよ。そこで真君は亡者の言を信じ『善意を汲んで転生の道を示すべき』と主張し、先代に奏上いたしました」

「真君が？」

さっき言っていたことの逆ではないか。青頼は目を見開く宵華の前で茶壺に蓋をし、その上から湯をかけた。こうして茶壺を温める。

「しかし先代の出した結論はこうでした。『亡者の言は信じるに足りない。悪行を汲んで地獄行きとする』」

「……」

「真君は抵抗しましたよ。自分の信じる正義を否定されたのですから。知り得る限りの亡者の善行を連ねて、来る日も来る日も先代に申し入れました」

「亡者一人に、そこまでするのか？」

「お辛いことにその亡者、真君の知己だったのです」

「だから肩入れしてしまったのか。なまじ知っているだけに」

「その知己を信じていたのです。禄命簿に記された悪行を疑いもしました。司命と司録に何度も再調査を願ったのですが、ついに覆ることはありませんでした。その亡者は、地獄行きが決定したのです」

「……あの男はどうした？」

「随分と憔悴《しょうすい》なさっておいでしたよ。真君が信じていた善行は、全て偽善だったのですから。知己に裏切られてたと微塵も知らず……なにが亡者を断罪する冥官長かと」

青頼は茶壺の中身を最後の一滴まで、茶海に注いだ。濃さが均一になった茶を茶杯に注ぐのだが、その一つを手のひらに乗せて、宵華に見せる。

「それは……」

宵華が割ってしまった茶杯だった。とろりとした輝きを持つ、青磁の器。綺麗に繋ぎ合わされ、繋ぎ目に沿って金色の線が描かれている。

「ほら、ちゃんと修復できましたよ。これは異国の技術なのですが、金継ぎといいます。ヒビや欠けた箇所を漆で繋いで、金粉で装飾するのです。なかなか綺麗でしょう？」

恐る恐る手に取ってみるが、割れた器とは思えないほどしっかりとしていた。傷一つない器はもちろん美しいが、これはこれで一つの作品だと思った。

「真君のお心も、一度は粉々になったのです。それまで培った価値観の全てが、この茶杯のように砕け散りました。ですが、真君は元々人間です。自分で継ぎ目を繕って、再び歩き出すことができるのですよ」

青頼は笑って、宵華の手の中の杯を眺める。

「完璧な器よりも、私はヒビが入って金継ぎをした器の方が美しいと思います。それは人間も同じ。むしろ、それこそが人間の人間たる部分というか……我々神族には持ち得ない美点だと思っております」

「人間の美点？」

「好ましい、ということですかね」

お注ぎしましょうね、と宵華の手から杯を受け取り、茶海の茶を注いでいった。

「真君はまだ、その知己の件を引き摺っておいでです。未《いま》だに心にヒビが入っているのですね。冥府の王という大役を引き継いでも、ずっと自分の価値を見いだせずにいたようですが、最近はちょっと元気になってきましたよ」

「そうか？」

「宵華様が放っておけないのでしょうね。昔の自分を見ているようで。ああも強い調子で李推の地獄行きを口にするのも、理想はときに自身を苦しめると知っているからこそ、宵華様のお心を砕きたくないからですよ。今のまま、その正義感を持ち続けて欲しいと思っているのでしょう」

どうぞと勧められた金継ぎの茶杯から、やわらかな湯気が立つ。

「あの男は優しいのだな」

「はい、とても」

青頼は静かに拱手する。

「どうか、あのお方の心を継いでやってくださいませ。きっとお綺麗ですよ」

「わたしにできるか？」

「真君はあの一件以来、傍に置く者を随分と限っておいでしたが……宵華様をいろいろと気にかけておりますす。私は真君の継がれたお心が見とうございますよ」

「……………」

　宵華が冥府にいられるのも、あと数日だ。嫁として夫を支えるのも役目だろう。そうでなくても、裁判を終え、冥府に一人で置いておくのは気が引けるのに。

　茶を早々に飲み干して、宵華は立ち上がった。どうせいつものように、寝室で寝込んでいるかと思ったが、寝台は空だった。であれば、柄にもなく仕事をしているのかと府殿の執務室を覗いてみたが、ここにもいない。

「どこへ行ったのだ……？」

　まさか酆都に繰り出して、また飲み歩いているのだろうか。それにしては、夜が更けすぎている。

「強く言い過ぎてしまっただろうか」

　姿をくらますほど、我を通しすぎたのかもしれない。夫婦は比翼連理。お互いを助け、信用しあって然《しか》るべきだ。それなのに、真君には信頼を置かれていないのだろう。なにが嫁だ。口ばかりではないか——。そんな自分がなにを以てして、真君の心を癒やせるのか。見当がつかない。

　ともあれ、李推の件は決着しなければならない。彼が英雄であるという線も、捨てたわけではなかった。なにか決定的な事実が必要なのだ。それを目の前にすれば、真君も冥官も判断ができる。

「李推が英雄であると、誰もが認めること……」

思案して、主のいない宮殿の執務室へ戻る。青頼の姿はなかった。

窓から外を見ると、すっかり闇の中だ、なにも見えない。だが夜が明ければ、いつものように真君は帰って来るだろう。そうしたら話し合えばいい。案も出るだろう。

そう思っていたが真君はこの後丸一日、姿を見せなかった。

＊　＊　＊

酆都の数ある酒場のほとんどで、真君は常連だった。冥府の王の交代劇から後、酆都の盛り場ではもっぱら「仕事もしないで飲み歩く、困った遊び人」という認識である。執務室を飛び出してから一昼夜、そろそろ宵華あたりがしびれを切らして、捜しに来るかも知れない。

「らしくないことしてるな」

呟いて、持ち出した禄命簿の写しを取りだした。

こういうとき、冥官だった頃の経験が生きる。やはり昔から、本人の言葉だけでは判断できない件はちらほらとあるのだ。自分が冥官長だった当時は、こうやって足を使ったものである。先代からはあまり良い顔をされなかった。個々人に入れ込み、公正な判断ができなくなるからと、窘《たしな》められたこともある。

しかし李推の言は信用できない。ならどうするかというと、李推の周囲にいた人間の証言を集める。とはいえ、都合良く会えるとは限らなかった。李推より前に死んでなくてはいけないし、裁判後に転生となった者とも会えない。残るは地獄行きで酆都に残っている者だ。禄命簿から抜き出した人名の一つに、線を書いて消していく。

しらみつぶしにして探し出した、今し方酒場で会った男だ。李推に雇われていた護衛だったらしい。酒を飲ませて話を聞いたところ、雇い主としての評判は悪い方だ。金払いを渋り、難癖を付けて給金を値切ってきたらしい。その他にも悪い噂はいくらでも出てきた。本人はその所為で短慮を起こし、李推を害そうとして返り討ちにあったのだから、どっちもどっちではあるが。

亡者一人にここまで労力を割くのは非生産的だ。しかし冥官の人員を割くわけにも行かない。彼らが通常業務で忙殺されているのは、自分の責任なのだから。

「問題はあのお嬢ちゃんだな……」

極力穏便に、なんのわだかまりもなく納得させるにはどうしたらいいのか。もっぱらの悩みどころである。

「関係者の証言を聞かせたところで、すんなり『はいそうですか』と納得するか？　いやしないな。もっと目に見えるなにかで証明した方がいいが――いや待て。そもそも、なんで俺がこんなに苦慮しなけりゃならないんだ。嫁だから？　いや、嫁とか、俺はまだ認めてないし……」

昔の自分を見ているようで放っておけないのが大きいだろうが。全くらしくない。

「いつもの怠惰な俺、目を覚ませ！　もっとサボれ！　全力で怠けろ！　じゃないと先代が帰ってこな――」

「あんた。こんなところでなにやってんだい」

突如声をかけられて、反射的に半歩後ずさる。振り返ると、栄麗が立っていた。彼女は真君の頭の先から足の先までを眺め、次いでその背後を見やる。

「今日は一人かい？　あの怖い嫁さんは一緒じゃないんだね」

「あぁ……宵華はその、留守番だ」

「へぇ。喧嘩でもしたのかい？　おっかないから逃げてきたのか？」

「喧嘩するほどの仲じゃないし。全然おっかなくないし！　勝てるし！」

「足が震えてるよ」

栄麗の目は笑っていたが、それ以上は詮索されなかった。

「こんな盛り場をうろうろして、よくも正体がバレないもんだね」

「完璧に擬態してるからな。『繁華街の困った遊び人』として」

「擬態じゃなくて本性だろうが。まぁ、この間の責め苦対決のときは、観客は遠目だったしね。傍にいた冥官たちにしか、面は割れてないかもな」

そのとき、ふと視界の端に美丈夫の姿が映った。李推だ。この辺りの噂では、いつも決まった時間に決まった店に入るらしい。それを聞いて待っていたのだ。

厳しい目で視線を投げると、気付いた栄麗はその視線を追う。

「あれは裁判待ちの亡者だろう？　名は確か、李推といったか」

「知ってるのか？」

「あの容貌だ、色めきたつ女も多いな。あんた、酒を飲みに来たって雰囲気でもないみたいだが、あの男が目的かい？」

「まぁな」

視線を外さないままに言うと、栄麗は笑う。

「一杯付き合いな。奢ってやるから。李推はいつも、そこの露店で酒を頼む」

半ば強引に連れられて椅子に座らされる。ここから李推の様子が見られると、栄麗は酒を勝手に注文した。

「あんたみたいな役職が、あんな男になんの用だい？」

「あんな男？　その言い方だと、評判は悪いのか？」

「さっきも言ったが、ちょっかいをかける女の亡者どもも多くてね。やめとけって言ってるのに、聞きやしない。こちとら難儀してるんだ」

金払いも渋い上、女癖も悪いのか。胡乱《うろん》な目で李推を眺めていると、栄麗が酌をしてくれる。

「見てくれはいい。だが小物だな。今のうちに灸《きゆう》を据えてやらないと、同じ亡者のあたしたちが苦労するんだ。頼むよ」

「いい噂はないか？　本人は英雄を自称してるけど」

「英雄？　ちゃんちゃら可笑しいね。あたしはこれでも何千という亡者を仕切ってきてるけど、あれは駄目だ、口だけだよ。地獄行きになったら、真っ先に責め苦で音を上げる性質《たち》だ」

「……そうか」

どこか気落ちした感じがするのは何故だろう。僅かでも英雄らしさがあれば、宵華の落ち込みは和らいだかもしれないのに、そう思ってしまった。

一向に酒を飲む気配のない真君に、栄麗は目の端で笑う。

「なんだい。わざわざあんたが出張ってくるほどの男でもなし……心配かい？」

「嫁は……関係ない。俺の仕事だからだ」

自分で言っておいて白々しい。しかし栄麗は、くっくと喉の奥で笑った。

「李推が心配か？　って意味だったんだけど」

「………」

「あのお嬢ちゃん。この間、雷公馬が見たいって地獄に来たんだよ。そんときに言ってたな。この馬は英雄が乗るのに相応しいって。自分で乗ってみればどうだい？　って言ったんだが、自分では駄目なんだと」

「なら、李推がどうしても英雄であると証明したいなら、雷公馬にでも跨がってからだな……」

ぼそりと呟いた矢先、店の外から大きな声が響いた。

「雷公馬だ！　雷公馬がこっちに来るぞ！」

真君と栄麗は思わず目を見合わせて、同時に席を立った。外がなにやら騒がしい。喧噪《けんそう》の大本を探すと、どうやら通りの向こうからだった。どどどと地響きが伝わり、足下が揺れる。土煙を上げて爆走してくるのは、八本の脚を踏みならす正真正銘の雷公馬だった。雷公馬を引き摺る勢いで手綱を引いているのは、これまた炎虎に跨がった宵華である。

地獄で最も凶悪と言われる魔獣二頭の出現に、日頃から雷公馬に痛い目を見せられている亡者が我先へと逃げ出す。その人波に逆らうように立ち尽くす栄麗は、耐えられず声を上げて笑った。

「考えることは同じようだね」

「地獄から連れてきたのか。だとしたら……」

真君は急いで李推の姿を捜す。地獄を知らない李推は、まだなにが起こったかわからずに、杯を持ったままで呆然としていた。

「おい、おまえ。ちょっと来い」

突っ立ったままの李推の腕を強引に引いて、雷公馬の前に引っ立てる。万が一にも李推に希望を見いだすなら、今しかない。

真君の目立つ赤髪に気付いたのか、宵華は炎虎の脚を止めて目を見開いていた。

「おまえさま！　どこをほっつき歩いているかと思ったら……」

「俺のことはいいんだよ。用があるのはこいつだろう？」

「おお、李推！　ちょうどいい、この雷公馬に乗ってくれ。英雄しか乗せないこの馬に乗ったことがあるのだろう？」

言われた李推は、「はぁ!?」と素っ頓狂な声を上げる。雷公馬の目は血走り、歯がむき出しの威嚇の姿勢だ。気圧されて李推は腰を引いた。

「馬鹿を言うな！　こんな化け物に乗れるか！」

「しかしおまえ、雷公馬に乗って旅をしたと言っていたではないか」

「それはちょっと……冗談に決まってるだろう？　酒の席が盛り上がるじゃないか。大体、雷公馬なんておとぎ話の生き物だ！　現実に……冥府にいるなんて思わないだろう!?」

「……おまえは英雄ではないのか？」

宵華は目に見えて肩を落とす。悄然とした姿を見て、やはりこうなったかと内心で俯《うつむ》いた。せめて一欠片でも、雷公馬に挑もうという気概を見せてくれれば、まだ救いがあったのに。李推の言にはなに一つ真実がなかったのだ。

落胆して気が緩んでしまったのか、宵華の手から手綱が滑り落ちる。その隙を見逃さずに、すかさず雷公馬が暴れ出した。

酒場の店先にのし掛かり、家屋の数軒を踏み潰す。逃げ遅れた住民が下敷きになるのを、真君が確かに見た。すぐさま李推を捕まえていた手を離す。

「宵華、雷公馬を押さえ込め！　栄麗は手を貸してくれそうな亡者を集めてくれ。李推、あんたは……！」

一人でも多くの手が必要だ。それは明白だが、李推は崩れた家屋の上をよじ登り、下敷きになった住民を踏んで逃げようと走り出した。周囲の人間を押しのけ、自分だけ助かろうという腹は、誰の目から見ても明らかだった。

「李推……」

呆然と宵華が呟く。

『助けがいる人間には全て手を差し伸べてきた』と李推は言った。『今でもそうする』と。李推の言葉に真実はなかったのだ。

そうしている間にも、雷公馬は暴れ回る。英雄を乗せる為の馬は、返せば徒人《ただびと》は邪魔なだけだ。無理矢理引いてこられた鬱憤があったのだろう、家屋を踏み潰し、纏った雷光が地を穿《うが》つ。

酆都の住民は冥官か亡者だ。冥官のほとんどが仙であり、亡者は生きた身体を持っていない。頑丈、という点は同じだが、苦痛を負うこともまた同じだ。さすがの真君も、それを見過ごすほどには腐っていなかった。

宵華の手を離れてしまった雷公馬が、後ろ足で立って高く嘶《いなな》く。真君が手綱を引き寄せるも、馬の剛力には敵わなかった。舌打ちをする。このまま市街地へ馬首を巡らせる前に、取り押さえなければならないのだ。振り回す剛脚を掻い潜《くぐ》って、真君はその背に取り付いた。暴れる手綱を再度摑んで、背に跨がり鬣を摑む。

「よし――落ち着けよ。俺は敵じゃない」

足掻《あが》く獣に跨がって、毛並みを叩いた。鬣を摑む手は決して緩めない。獣相手に臆したら負けだ。必ず支配下に置くのだという、強い意志が必要になる。

かつて武官だった頃、乗っていたのはしっかりと調教された軍馬ばかりではなかった。華々しく活躍する真君をやっかみ、駄馬を与えられたこともあった。ときには野生の馬を制し、敵陣に切り込んだことも。それを思い出し、真君は手綱を引いた。

「今だけでいい。俺の言うことを聞いてくれ……俺は酆都真君だ……！」

遮二無二暴れて真君を振り落とそうとする雷公馬と、決して手綱を緩めない戦いは、しばらく続いた。ついに根負けしたのは、雷公馬だった。

逆立っていた鬣が落ち着き始め、何度か八本の脚を踏みならす。喉の奥で何度か嘶いた後、雷公馬の身体から緊張が抜けた。主不在の雷公馬を御したのだ。

なにかの気まぐれかも知れないと、真君は訝《いぶか》しんだが、途端に聞こえてきたのはそれを見守っていた住民の歓声だった。宵華に至っては、きらきらと目を輝かせてこちらを見上げている。

「おまえさま……雷公馬を制したのか！　焔崇のようだ！」

「い、今だけだ！　すぐに機嫌を変えて暴れ出すぞ。今のうちに住民の救出だ！」

この噂はすぐに酆都中を駆け巡った。栄麗が少しばかり脚色をしたところによると、地獄から逃げ出した雷公馬を酆都真君がついに御したのだと。東嶽大帝しか乗りこなせなかったあの気位の高い伝説の馬を、真君が下した。これまで、ぱっとした話を聞かなかった酆都真君の名声は、とうとう酆都中に知れ渡ることとなった。

＊　＊　＊

李推の裁判は滞りなく終わった。彼は実に素直だった。

裁判に同席するなど数えるほどしかなかった真君だったが、この日ばかりは正装である。冥官に酆都真君と呼ばれる男の顔を見て、李推はすっかり諦めたのだ。

　府殿の執務室、襟を緩めながら真君は椅子に身体を投げ出した。待っていた宵華は茶菓子に手を付けなかったのか、そのまま残っていた。そこへ青頼は、別に用意した月餅を持ちだす。

「中秋節ではありませんが、お好きでしょう。裁判はいかがでした？」

「李推が全部白状したよ」

　どこか虚《うつ》ろな瞳の宵華に配慮するべきか、しばし迷った。だが曖昧に誤魔化すのは、子供扱いしていると怒るかもしれない。真君は正直に言葉を続ける。

「例の坑道の件。あれの真相だが……やはり李推は労働者を見捨てたんだ。毒気を掘り当ててしまい現場が混乱する中、自分だけ助かろうと他者を踏み倒し、坑道から出た時点で穴を塞いだ。誰が後ろに残っていようが、確認もしなかったそうだ。李推が助けたと言っている人間は、たんに運が良かったんだな」

　李推よりも入り口に近い場所にいたから、先に逃げられただけなのだ。

「適切に対応していればもっと多くの命が助かったが……それをしなかった。そもそも坑道自体、無理に掘り進めたようでな。毒気が出るから掘るなと反対する一派さえも、切り捨てたらしい。文字通り」

「では、やはり地獄行きに？」

「あぁ、当然だ。人殺しなど以ての外だが、助かる命を見過ごすことも罪だ。地獄で悔やんでもらう」

月餅にかぶりついて、ちらりと宵華を見る。どう見ても消沈していた。

「……そうか」

それだけ言って、菓子を手に取ることもしない。慰めた方がいいのか、放っておいた方がいいのか。瞑目して思案していると、青頼がぽんと手を打った。

「真君にまつわる噂、お聞きになります？」

「噂？」

嫌な予感しかしない。

顔を引きつらせる真君を余所に、青頼は嬉々《きき》として茶杯を持ち出す。

「地獄のみならず、ついに府殿内でも真君の評判は急上昇です。まさかご自分の足で、酆都を巡って証言を集めるとは――とか。李推の自白を引き出す為に、わざと酆都で騒ぎを起こしたのだろう、とか。自ら身体を張って仕事するとは、今まで暗愚のふりをしていただけで、酆都真君……実は傑物なのでは！　とか」

「…………」

「住民の目の前で雷公馬を乗りこなしたとも聞き及んでおりますよ。先代の後を継ぎ、ちゃんと仕事をする気になったのですね。この青頼、冥府の王として頑張るぞ！　という意気込みをひしと感じました」

どうぞ、と熱々の茶の入った杯を勧めてくる。

「雷公馬は返却だ。即刻、地獄に返す。返すったら返す！」

「いいじゃないですか、もう少し傍に置いても……あと宵華様ですけどね」

不意に名前を呼ばれて、宵華が顔を上げる。

「家屋が崩れて下敷きになった住民を、お助けになりましたね。あまりにもひょいひょいと瓦礫《がれき》を持ち上げるので、不審がる住民がおりました」

「ま、まずかったか!? しかし……一刻を争うと思って……！」

「宵華様は穹のご出身ですから、武人を鍛える為の秘密の研鑽《けんさん》を積んでいるのだと、そういう噂を流しておきました。大丈夫です。真君の后ともあろう方が率先して住民を助けるなど、さすがは穹出身の屍人姫《しびとひめ》だと、こちらも大好評ですよ」

「本当か!?」

声を上げた宵華に続いて、真君も心の中で「本当か？」と零す。

「弱きを助ける英雄だと評する者もおりましてね。なんの問題もございません」

青頼の太鼓判と『英雄』の単語に、宵華の顔がどことなく明るくなる。さりげなく機嫌を取る青頼に舌を巻きながら、こちらもさりげなく菓子を勧める。ようやく手を付ける気になったのか、小さな手で月餅を二つに割っている。

それを見て安心したのか、青頼は小さく拱手した。

「崔郭殿に呼ばれておりましたので、少し失礼いたしますよ」

本当か嘘かはわからないが、そう言ってさっさと室を出て行ってしまった。去り際、目線で「後はしっかりやれ」と言われた気がしたが。

真君は大きく息を吐くと、宵華に視線を投げた。

「あのな……」

「わたしは見る目がなかったのだな。人の言葉を真正面から信じてはいけなかったのだ」

言って、ぼそぼそと月餅を頬張る。

「人を見たらまず疑え、とまでは言わないし、その正義感が駄目なわけじゃない。これればかりは経験だ。どうしたってあんたよりも俺の方が数を知っている。善人もいれば悪党もいた。それだけだ」

「おまえさまは、最初から李推を疑っていたな。やはり、似たような人間を見てきたからか？」

「……それもあるし……俺は昔、冥官だったんだ」

「青頼から聞いたぞ。崔郭と同じ、冥官長だったのだろう？　昼も夜も働いていたそうだな」

そうだ、と苦笑する。今とは似ても似つかない姿だ。

「いろんな亡者を長い間見てきた。今のあんたのように、俺はずっと人間の善意を信じていたんだ。何事もなければ、今もそうだっただろうが……だけどな……」

しばらく口を噤んで息を吐く。

「……嫁だから話すんだぞ」

そう前置きしてから、ゆっくりと椅子にもたれた。

「今回の件と似たような裁判にあたった。いわゆる冥官で判断しきれない、大きな善行と悪行ってやつだ。どちらも数知れず……膨大な量だった。一つ一つ吟味して、なにをして善とするか悪とするか……判じるにもかなりの時間を要した」

「おまえさまの知己だったのだろう？」

「あぁ。俺が人間だったときの……顔見知りでな。随分と若い頃から一緒だった。馬首を並べて戦い、戦に勝利すれば共に喜び、戦友が死ねば共に泣いた。口の上手い奴でな。誰とでもすぐに仲良くなって、そうして引き入れた仲間が大勢いた。戦うことしか能のない俺と違って、要領のいい奴だった」

一つ息を吐く。

「そいつの名を、烏克という」

「烏克……？　穹の宰相のか!?」

「家族だと思ってた。なにも疑いもしなかった。だから俺が冥府へ呼ばれたとき、全てを任せた。それで問題ないと信じていたから」

既視感のある話だと、宵華は思っているかもしれない。目を見張りながら、それでも黙って耳を傾けている様子だ。

「烏克は老いて死んだ。死んで冥府へやってきて……奴の禄命簿を見て愕然《がくぜん》とした。俺の知らない悪行がびっしりと書き込まれていたから。人を騙《だま》し金を奪い、私腹を肥やす……俺と出会ってから、そうやって生きてきたんだと記してあった」

「そんな……穹の記録では、生涯を国に捧げた人物だった」

「体裁の良い記録しか残さなかったのかもしれないし、実際には宰相としていい働きをしたのかもしれない。それでも先代は当然、地獄行きの沙汰を出した。俺は……まだ信じていなかった。そんなことをするはずがないと、何度も先代に申し立てた。なにかの間違いだと、奴の転生を訴えた」

叶うはずもない。先代が判決を覆した例などないのに。

「俺は奴の言葉を信じた。でもな……烏克はやっぱり、人を丸め込むのが上手かった。俺はすっかり肩入れして……烏克の悪行に加担してしまった」

「悪行？」

「冥府で仲間を集め、選《よ》りに選《よ》って先代に弓を引いたんだ。俺はすっかり反乱分子の代表、という扱いだったよ」

「何故、そんなことを……？」

真君は小さく笑って、瞑目する。

「あいつは、俺の全てを壊したいのだと言った」

実を言うとその真意は未だに掴めないでいた。純粋な妬み、だったのだろうか。それとも憎まれていたのか。憎いからこそ全てを失ってしまえと、自棄になっていたのか。が、どれも違うような気がしたのだ。

「人を疑わない俺が……嫌いだったんだよな。善人ぶって何様かと、そう言いたかったんじゃないか」

「おまえさまは、人を見下す性質ではなかろう」

「俺にそういうつもりがなくても、烏克にはそう見えてたんだ。俺の主観は関係ない。冥府で昼も夜もなく働く俺が幸せそうに見えて、壊してしまえと思ったのなら、それがそいつの全てだ」

冷めてきた茶杯を取り、口を付ける。

「俺は最後の最後まで、奴を信じてしまった。だから冥府は、府殿の内部にまで奴の勢力の侵入を許した。俺がそうさせてしまった。府殿は燃えて冥官が殺された。そこまでされても疑いきれなかった。結局、自分の正義感を疑いたくなかったってことなんだよな」

「自分に甘かったと、言いたいのか？」

「そう、甘えてたんだ。これまで信じてきたものを、嘘にしたくなかった。自分可愛さに隠れていただけだ。結果がこれだ。冥府は半壊、玉京から責任を問われ、先代は辞めざるを得なかった」

それなのに、と真君は零す。

「先代は後任に俺を指名した。冥府を半壊させた責任で処刑されるなら、まだ話はわかるが……何故か俺を選んだ。それが俺への罰なのかもしれないな」

「だが、わたしに助言をしたのは、同じ轍《てつ》を踏ませたくなかったのだろう？」

「俺だって人を見る目がなかった。あんたに忠告する資格もないわけだが……」

言葉を切って、遠くへ目を向ける。

「俺は大きな失敗をした。取り返しのつかないことをやらかした俺が、王の器のはずがない。だから先代に戻ってきてもらう。それまで冥府の留守を預かるだけだ。俺がいかに無能であるか証明して、玉京まで届けなくてはいけない」

だから職務の一切を放棄する、そう呟く。

「おまえさまは一度、壊れたのだな。信じていた知己に、粉々にされてしまったのだ」

「おう。俺の信じたものは木っ端微塵だ。もう、昔のようにはなれない。我武者羅に働いていた、冥官だった頃の自分は二度と戻ってこない」

「でもな……それでよいのではないか。先代が期待しているのは、昔のおまえさまではないのだ。壊れてしまったおまえさまだから、後を任せたのだろう」

言って宵華は、茶盆から一つ、茶杯を取り出す。青頼が修復した金継ぎの杯だ。

「青頼が言っていたぞ。壊れて継いだものの方が美しいのだと。先代はおまえさまに、こうなって欲しいのだ」

「……継《つ》ぎ接《は》ぎだな。そういえば先代も似たようなことを言っていたな。まったく神ってのは、よくわからない」

「全てを信じて疑わない人間は、おぼつかないだろう？　わたしのように」

自嘲する宵華と茶杯を、まじまじと見つめる。

「こんなに綺麗に直るなら、その方がいいかもしれないが……生憎《あいにく》、俺はもっと歪《いびつ》だよ。修復したって不格好なだけだ。あんただって、どうせ嫁に行くなら先代の方がいいはずだ」

だから協力してくれと、そう言うつもりだった。しかし宵華は金継ぎの杯を卓に置いて、じっと眺めた。

「わたしも今、壊れたのだ。でも、おまえさまの話を聞いて、きっと継がれた。新しい目をもらったんだな。今まで見てこなかったものが、きっとよく見えるようになった」

　おまえさまもそうだろう？　と宵華は笑う。

「それにわたしはもうすぐ消える。このまま無事に裁判が済めば、地獄行きか転生かだ。わたしの夫は、おまえさまで最初で最後。添い遂げるつもりだ」

「やめといた方がいいって！　今からでも考え直そう!?」

「嫌だ。もう決めたんだ。おまえさまは、どうにも見捨てておけぬ。ドブに落ちた野良犬のようにな」

「喩《たと》えがひどくない!?」

　真君は嘆息した。しかし呆れると共に、少々驚きもした。

　己の価値観を崩されたというのに、毅然とした姿勢を保っている。正義を覆されても彼女は、自分のように倒れなかったのだ。自らの足でしっかりと立ち続ける様は、感嘆と同時に憧憬にも似た感情を抱かせる。危うくもあったが、羨ましくもある。

「わたしが無理に嫁に来なければ、おまえさまはずっと独り身だったのではないかと、ちょっと心配するぞ。見てみろ」

　身を乗り出した宵華は、ごそごそと懐から例の古書を取り出す。

「焔崇もな、生涯独り身だったんだぞ。実は寂しかったと、この本にも手記が残っている。いくら世に聞こえた英雄とは言え、伴侶がいればもっと人生が充実したのだ。短くはあったが、おまえさまには確かに妻がいたんだ。時々でいいから思い出せ」

「…………」

未婚だったのは事実だが、寂しいなんて言ってない。それ以前に手記など書いていないし。宵華の言葉を心の中で反芻《はんすう》し、真君は几に肘をつく。

「思い出すのは時々でいいのか？」

「……時々で多いのなら、たまにでいい。年に一回程度でいいぞ」

宵華はこと、本心の吐露に関しては遠慮がちだ。自分で自分を押さえ込んでしまっているのはなんとなくわかる。年に似合わず、そういう生き方をしていたからだろう。

『良い子』でいなくてはいけない、そういう強迫観念にも見えるのだ。

びっしりと塗り固められた正義感。誰にでも誇れる英雄たれと、自分に課すばかりでは、いつかヒビが入り自分のように壊れてしまうのではないか、そういう懸念が拭えないのだ。守れるものならば、守ってやりたい。

「しょっちゅう思い出すから、約束しろ」

「なにをだ？」

「自分の欲に素直になれ。あれがしたいとか、こうなりたいとか……ちゃんと口に出せ」

「口に……出しているぞ」

「上辺にしか聞こえない。あんたの裁判まで間もないのに……魂が転生するまで夫に『良い子』を貫くのか？　諦めて沈めた感情を全て拾え。自分を生かそうという欲のない人間は人間じゃない。外見だけじゃなく、それでは中身まで屍人だ」

するとは困ったように顔を顰める。なにかを言いかけて口を閉ざし、諦めたように俯くのだ。随分と重い枷を付けているのか。やがてゆるゆると顔を上げて、もごもごと口の中で呟いた。

「雷公馬を乗りこなしたおまえさまも、よかったぞ。焔祟っぽかった」

「あれは忘れようか！　なかったことにしてくれる⁉」

なにが楽しくて、過去の自分を引き合いに出されるのかと、頭を抱える。

「わたしは見直したのだぞ。雷公馬が暴れて次々と建物が倒壊し、皆が混乱している中でおまえさまは、冷静に状況を見ていた。人の上に立って避難と救助の指示をてきぱきと捌《さば》く姿は、正に王の姿。間違いなく、皆の英雄だったぞ」

しかし宵華は「それとな」と真君の髪をぐりぐりと撫で付けた。

「烏克は……おまえさまが好きだったと思うぞ」

「は？」

「冥府まで来てちょっかいを出すなど、気になって気になって仕方なかったということだ。可愛さ余って憎さが百倍というやつだな」

「はは。まさか……」

「嫌いなら無関心になる。興味が湧いたから気になるんだ。妬みだとしても、発端は憧れだろう。烏克は道を誤ったが、おまえさまは人に憧れられるほどの才気ある男なのだ。それを見越して、先代はおまえさまに後を任せたのだ」

「それを誇れ」と宵華は笑った。

「そうだとしても……俺は粛々と冥府を先代に返上するよ」

烏克との間には、友情のようなものはあったのだ。出会ったときは友人だったと、今でも思っている。どこで違えてしまったのか。今更悔やんでも仕方ないことだが、彼を真っ当な道に戻す手段はあったんじゃないか。それこそが思い上がりかもしれないが、先代に首を断たれた烏克の顔は、どこか安堵の色があった気がしたのだ。

やっと自分から解放されると、ほっとしたのか。烏克自身にも手に負えないところまで来ていたのかも知れない。それならば、自分が引導を渡せば良かった。剣を抜けずに立ち尽くした瞬間から、全てを放り出して逃げてきたのだと、実感した。

誇れることなど、もう自分には残っていないのに。真君は空虚に笑う。

それを、いつものやる気のない真君だと思ったのか、宵華は「そういうところだぞ」と窘めてくる。

「ところでな、おまえさま……『酆都真君』というのは号だろう？　元は人間だったのなら、人間だった頃の名前があるはずだな？」

「まぁ……そうだけど」

ぎくりと、真君の表情が引きつる。

「なんと言う？　さっきの話、わたしの知っているものとよく似ている」

「……名前は捨てたの。仙人なんてみんなそうだから。捨てた名前は誰にも名乗らないものなの」

この話は終わりと立ち上がろうとすると、すかさず宵華が飛びついてきた。

「烏克の話といい……おまえさまはまさか……」

「……な、なに？」

さすがに話しすぎたかと、青ざめる。必死に宵華を引き離そうとするが、屍人の力には敵わなかった。

「焔崇を見知っているな!?　だから馬鹿とか嫌いとか言ってたんだろう!?　ずるいぞ！　焔崇に憧れるわたしを見て笑っていたな！」

「笑ってないし！　見知ってないし！」

「おまえさまの名前を教えろ！　『焔崇伝記』に記録が残っているかも知れないからな！　教えるんだ！」

「嫌だぁぁー……！」

宵華に頭を脇に抱えられ、絞め上げられる。頸部《けいぶ》が圧迫される激痛とともに、みしみしと頭蓋骨が嫌な音を立てた。このままでは意識が落ちると、助けを求めてばんばんと床を叩く。そんなとき、都合良く現れるのはいつだって青頼だ。

床に転げて頭を抱えられている真君を見下ろして、青頼は「おや」と涼しく笑う。

「仲良しですね。大変結構」

「青頼……助けて……！」

「仲睦《むつ》まじい夫婦の間に割って入るなど、罰が当たってしまいますよ。それはそれとして真君、たった今来たばかりなのですが」

意識が朦朧とする真君の頭上で、青頼は書簡を取り出した。

「玉京からです。なんでも近いうちに、天帝がお見えになるとか」

「……………！」

「天帝をお迎えするのは、真君が登極した日以来ですね。冥府の総力を挙げて接待しなくては」

何故この時期に？　もしや屍人を匿《かくま》っていることが知られたのだろうか。

青を通り越して白に、やがて土気色になる真君の顔色。脳裏には爆発四散して虫ケラになる自分の姿が浮かぶ。

しかし青頼に問いただすよりも先に、首を絞め続けられた真君は、ぱたりと意識を失ってしまったのだった。

第四話　天意背実

宮城の執務室、酆都真君《ほうとしんくん》は取り乱していた。

「何故だ……何故、今日なんだ……」

ぶるぶると震えた手で茶杯を呷るが、一滴も残っていない。

見かねた青頼《せいらい》が茶壺を持って嘆息している。

「杯は空ですよ。お代わりがいるなら注ぎますが？」

「お、おう。頼む」

まったくと、何度目かわからない茶を注ぐ。それを一気に飲み干して、またぶるぶると杯を突き出す。

「お代わり」

「この茶菓子も食べてください。残り物なんです。少し酸っぱくなってますけど」

「なにしれっと傷んだもの食べさせてるの？　もしや今までもそうだった!?」

そんなやりとりを眺めていた宵華《しょうか》は、向かいの長椅子に腰をかけて、ぶらぶらと足を遊ばせていた。

「落ち着け、おまえさま。客人をもてなすだけだろう？」

「……あのね、普通の日ならいいの。普通のなんでもない日だったら、天帝だろうが誰だろうが、接待真君と呼ばれたり呼ばれなかったりした俺が、そりゃもう見事な接待をしてみせるよ？」

　でもね、と真君はその顔に悲愴《ひそう》な色を浮かべる。

「問題なのは、明日があんたの裁判だってこと！　なんでこの時期なの!?　もっと他の日もあったんじゃないの!?」

「……やはり、天帝にバレてしまったのだろうか」

「やっぱりそうだよね!?　どこから漏れたんだ……！　あぁ……俺はついに爆発四散して虫ケラに……！」

　ついには青頼から茶壺を奪い、自分の手で茶を注ぐ始末だ。

「バレたと決まったわけじゃないでしょう？」

「そうだぞ。たまたまかもしれないじゃないか。ただの偶然だ」

「冷静に言ってるけど、他人事じゃないんだよ？　あんた自身のことなんだからね!?」

　そうは言われても、と宵華は顔を顰めた。

「明日の裁判を迎えるまで、わたしにはできることがないからなぁ。それに屍人《しびと》だとバレて処刑となっても、それはそれだ」

「なんであっさり割り切るの？　もっと危機感持って！」

「逆を言えば、今日を乗り切れば後は問題ないのだろう。天帝を上手くやり過ごせば、明日が裁判だ。禄命簿を書き換え、わたしに沙汰が下る。そうすれば、おまえさまはいつもの平穏な日々に戻るのだ」

「上手くやり過ごせるかどうかが、最大の問題なんだよ。相手はあの天帝だぞ！　一筋縄じゃいかないの！」

真君は顔を青くする。それを見て宵華は首を傾げた。

「天帝とはどんなお方だ？」

「……底意地が悪い」

「意地が悪い？　そんな馬鹿な。天帝だぞ？」

天を統べる神なのに、意地が悪いとはどういうことか。宵華はぽかんとしているが、他に形容のしようもなかった。

「偉い神様だからって、人格者とは限らないの。ほら、俺みたいな例があるでしょ」

「それもそうだな」

「もうちょっと否定してくれてもいいんだよ？」

「案ずるな、おまえさま。いざとなったら天帝をボコボコにし、記憶の一切を飛ばしてやる」

「おいぃー！　不穏な発言は控えてー！」

「ふむ。では尚更、わたしの出る幕はないな」

言って、椅子に立てかけてあった大剣を手に取る。執務室内とはいえ構わずに剣を振るが、最近はすっかり日常になり咎める者はいない。

そればかりか、思わず腰を浮かせた真君は口を開く。

「それじゃ手を痛めるから、握り方はこうだって」

「こうか？」

「それで、振り上げる高さはここまで。下ろすときは真っ直ぐに」

「うむ！　こうやって天帝の頭をかち割ればいいんだな」

「駄目って言ってるでしょ！」

ぶんと、大剣が空を切る。それを眺めて、青頼は笑みを噛み殺した。

「随分とお優しい。以前なら口をお出しになるのも嫌がっておられたのに、最近はしっかりと指導しますね」

「……現実的な話だろ。雷公馬が暴れたとき、しっかりと剣が使えていれば、牽制もできたかもしれない。別に剣技に拘《かか》わらず、体術だってなんだって出来ないよりは出来た方がいいんだ」

『約束』を守って、剣の腕を上げたいと口にした宵華の希望を、無下にはできないし、あくまで合理的に考えた結果のことだと言うと、青頼は感慨を含んだ笑みを浮かべる。

「仲良きことは美しきかな。宵華様がもっと長く、冥府に居られたら楽しいのですけどね」

「もっとここに居られたら……」

言われて宵華はきょとんと目を丸くした。次いでなにかを見つけて目を輝かせたが、すぐに口を噤み諦めたように目を伏せてしまう。

「はい。毎日真君に剣を教えてもらって、仕事嫌いの尻を蹴飛ばして、冥府に起きる問題を一緒に解決して……そんな毎日ならと」

「青頼」

真君の口調は珍しく鋭い。

「……宵華は亡者だ。亡者はことごとく裁判を受けて沙汰が下る。例外は今まで一度もない。屍人になってしまったのは確かに例外だが、それも明日までだ。妙な期待をするな」

「申しわけありません。慎みます」

整然と拱手をする青頼の前で、真君は厳しい顔で茶杯を取る。もちろん中には一滴も残っていないし、顔は蒼白で手もぶるぶると震えていた。

とにかく今の真君はまともではないのだと宵華は納得したのか、大剣を背中に背負った。

「もうすぐ天帝が来るのだろう？ わたしは席を外していよう。その方がよかろう」

下手に顔を合わせて、余計な事故を起こしたくない。宵華は室《へや》の隅で寝転んでいた炎虎を伴い、執務室から出て行ってしまった。

確かにそれが正解と後ろ姿を見送って、真君はぐったりと椅子にもたれた。

「……天帝の乗る馬車が木っ端微塵になって、訪問が中止にならないかな」

「そっちの方が大問題ですよ」

「冥府の視察で来るんだよな。いよいよ、俺の悪評が広まったのか」

「どうでしょうね。少なくとも良い噂は届いてないでしょうけど」

これ以上は茶を飲ませないと、青頼は茶器を片付け始める。

「屍人の件は全力で隠すとしてもだ、これは良い機会かもしれない。天帝に直談判《じかだんぱん》して、先代に帰ってきてもらおうかと思ってる」

「……仮に先代が戻ってきたら、あなたはどうするんですか。また冥官として働くんです？」

「今の俺じゃ、冥官も務まらない。先代が戻ってきたら仙籍を返上して、地上で人として暮らすかな」

「玉京や冥府からも離れて、人として老いて、寿命を終えると？　英雄として名を馳《は》せたあなたが？」

　真君は大きく息を吐く。

「思い返すと……英雄だった頃は、守るものがあったんだ。穹という国であり、なにより主君がいた。しかしそれも結局守れなかった。それを悲観して、俺は冥府へ逃げたんだ。逃げ込んだ先に人並みの幸福など、あるはずもなかったな」

「あなたの主君の件も承知しておりますが、あれはあなたの所為じゃありませんよ」

「いや……俺がもっと早く……」

「そうやってすぐ、自分で全部を背負いたがる。だからあなたは真面目すぎるんですよ」

　幾度となく先代や青頼に「真面目すぎる」と言われている。なんと言われようが性分なのだ。今更変わらない。

「逃げた冥府で冥官となっても、東嶽大帝《とうがくたいてい》という主がいたから俺は俺でいられたんだ。それをなくした今、俺はただの腑抜けだ。所詮、一人ではなにも為すことはできない。こんな男が英雄なはずがない」

「名声に似合うだけの勲功は立てていると思いますがね。……それに、守るものがなくなったのなら、また作ればいいだけの話かと」

「そう簡単に替えがきくか」

宵華も青頼も、先代ですら勘違いをしている。自分という人間はもっと矮小なのだ。卑下するのがすっかり癖になってしまったのか、真君は曇った目で空を眺める。これではまるで、宵華が来る前へ逆戻りだ。青頼はこっそりとため息をつく。

そのとき、室の外から崔郭《さいかく》の声が聞こえた。「天帝が到着した」とそう言っているようだ。

椅子を蹴飛ばす勢いで立ち上がり、いよいよ真君の顔が白くなる。

「ついに来たか……」

青頼を伴って足早に宮城から出迎えに行く。天帝を迎えるのはこれで二度目だ。純白の馬が四頭で引く、金色の大きな馬車。見覚えがある、間違いなく天帝専用の馬車である。

御者が扉を開ける前で、真君は粛々と顔を伏せ膝をついて拱手する。

しかし待てど暮らせど、誰かが降りてくる気配がなかった。顔を上げると、御者は顔を青くして右往左往しているではないか。

どうにも様子がおかしい。無礼を承知で馬車を覗くと、そこには誰の姿もない。

ひぃと真君の口の中で悲鳴が上がる。

控えていた青頼を振り返り、慌てて声を上げた。

「天帝がまた逃げたぞ！　すぐにお捜し申し上げろ！」

＊　＊　＊

その頃宵華は、憤然と酆都《ほうと》の通りを歩いていた。

「まったく……若い娘を襲い、大事な翡翠の耳飾りを奪うとはなんたることだ」

隣を歩く炎虎は、ぐるると同意を示すように唸る。

ここ最近の日課として、酆都の巡回をしていたのだ。地獄の労働環境が改善に向かっているとは言え、まだまだ酆都の治安は良くない。

死んだばかりで右も左もわからない亡者から、金品を奪おうとする輩《やから》も少なくないのだ。礼を言われ、まるで英雄のように去ってきたが……嬉しくもあり、少し寂しい気持ちもする。人に喜ばれるような役目も、まもなく終わるのだから。

「生きていた頃には考えもしなかったな。剣を振って人助けをするなど」

背負った剣の柄をそっと触って、小さく笑う。

「わたしがいなくなっても、あの男はちゃんと仕事をするだろうか。それだけが心配だ」

「ぐるる」

「……それだけだ」

ふと溢れそうな感情に気付いて、そっと蓋をする。これ以上、求めてはいけないのだ。真君が望むのは、ただ怠惰で平凡な毎日。今より少しばかり仕事に精を出してくれれば、言うことはない。個人的な願いなど、捨て置くに限る。

気を紛らわすように辺りをぐるりと見回していると、

「屍人姫様！」

駆け込んできたのは年若い男だった。どうしたと問うと、裏の通りを指さす。

「うちの店でちょっと揉《も》め事が……子供が絡まれてるんです」

「子供が？」

こうも立て続けに騒ぎが起こるとは。渋い顔で駆けつけると、小さな露店の先で柄の悪そうな男が二人、赤ら顔でなにかを叫んでいる。難癖を付けられていたのは、宵華よりも少し幼い少年だ。凄《すご》まれているにも拘わらず、悠然と腕を組んで立っている。

「もう一度言ってみろよ、この酔っ払いが」

少年の妙に上から目線の態度が鼻につくのか、男たちは更に顔を赤くする。

「そこは俺たちの席だって言ってんだよ！　この時間はいつも俺たちの貸し切りなん

だ！　ガキが居座っていい店じゃねぇ！」

「僕が酒を飲んでなにが悪い。それに、ここの揚《あ》げ鶏《どり》が美味《うま》いと聞いたんだ。せっかく馳走《ちそう》になりに来たのに、貴様たちに邪魔される筋合いはない。それともなにか？　金を払って貸し切りにしていたのか？　店主はなにも言ってなかったぞ。ちゃんと聞こえているのか？　それともその耳は飾りか？」

宵華が呼びに来た男を見上げると、彼は首を横に振る。別に料金を払って貸し切りにしていたわけでもなさそうだ。であれば、完全な言いがかりである。

しかし柄の悪い男は、弱い者にはとことん強気を通す性質らしい。酒の所為もあるだろうが、少年に摑みかかろうと手を伸ばしたのだ。子供相手に暴力沙汰はやりすぎだ。思わず宵華が割って入ろうと一歩踏み出す。だが、殴り飛ばされたのは暴漢の方だった。土煙を上げて倒れ伏した男の連れが、呆然と少年を見下ろす。次いでこちらに気付いたのか、宵華を見て顔色を変えたのだ。

「げ……あんたは！」

「子供相手に大人げない。返り討ちにあったとて、人に褒められることではないぞ」

正義の名の下の鉄拳をちらつかせると、それで戦意を喪失したらしい。男たちは這々の体でこの場を去って行ってしまった。

店主と思《おぼ》しき男が、深々と頭を下げる。

「ありがとうございます。毎日酒場をはしごして、酔った末にいつも暴れて帰るので、難儀しておりました」

「酔っ払いの常連か。困ったものだな」

地獄の機能が回復すれば、こういったことも減るのかもしれないが。男たちが去った方向を眺めていると、例の少年が歩み寄ってくる。

「へぇ、なに？　君は衛士かなにかなの？　官吏には見えないけど」

「官吏ではないが……善意で酆都を見回っている。大丈夫だったか？」

聞くと少年は、皿から揚げ鶏を摘まんで口に放り込み、もう片方の手で杯を呷った。とても年相応の振る舞いには見えなかったが、ここは亡者の都。わけありの者もいるだろう。

「僕はなんとも。礼儀も知らない奴らに絡まれて気分が悪かったけど、揚げ鶏が美味いから許す。それに僕を助けようとしてくれたね。それには礼を言うよ」

言って卓に金を置く。少しばかり多めだったのは、店先を騒がせた詫びだろうか。しっかりしているというか、大人びているというか。不思議そうに眺めていると、少年は宵華の袖を引いた。

「酆都を案内してよ。いつも見て回っているなら詳しいだろう？　僕は嘲風《ちようふう》」

「わたしは宵華だ」

嘲風と名乗った少年は、やはり不思議だった。黙っていれば儚げな雰囲気を持った十二歳ほどの少年。しかし口を開けば、どこかえらそうなのだ。決して不快ではなく、気品さえ漂うのが妙と言えば妙だったが。生前はどこかの貴族だったのかもしれない。並んで通りを歩き出すと、後ろをついてきていた炎虎が低く唸る。嘲風は驚いたように、少し目を見開いた。

「これはなに？」

「あぁ……なんというか、友達だ」

「友達？」

ふぅんと鼻を鳴らす。どうも彼は、宵華が巻き起こした地獄での責め苦対決を知らないらしい。酆都に居るのは官吏か亡者だ。官吏ではないのなら、酆都に来たばかりの――死んだばかりの亡者かもしれない。こんなに若いのに可哀想に。酆都に不慣れなのも頷ける。

宵華が殊更親切に街のあちこちに立ち寄っていると、方々から声がかかる。

「宵華様、いつも見回りありがとうございます。お陰で安らかに過ごせます」

「昨日は危ないところ助けていただき、感謝しておりますよ」

「屍人姫様、うちの店に寄ってってくんな。新作の菓子を持ってっておくれ」

すっかり酆都での人気者だった。気恥ずかしくなりながら、その一つ一つに応えていると、隣の嘲風は珍しげに辺りを見回す。

「君、あちこちから礼を言われるほどいつも騒ぎを収めてるってこと？　というか、酆都ってそんなに治安が悪いの？　酆都真君はなにやってるの？　ぽんこつなの？　ぽんこつ真君なの？」

「ぽんこつ真君かと問われれば……否とは言えないが。その……今は余り調子がよろしくなくてな。なんというか……そう！　持病の水虫が悪化して、職務に専念できないのだ。直によくなる！　……という噂だ」

「……水虫？」

「そう、水虫だ。近寄ってはならんぞ」

仕事が嫌で逃げているとも言えず、言葉を濁す。

「それになに？　屍人姫って。君、屍人なの？」

「いや……そ、そういうわけではなく。わたしは穹の出身なのだが、人より少し強くてな。それを見て、皆が渾名するのだ」

嘘をつくのは好きではない。しかし酆都ではそう通っているので、こういう説明になってしまう。嘘をついているという事実だけで心苦しいし、真君のように方便に慣れているわけでもない。正直者の宵華は酸っぱいものを飲み干したような顔で弁明をするが、嘲風は厳しい目でまじまじと見てくる。

「……ならいいけど。屍人は大罪人だ。その存在を決して許してはならない」

「玉京に弓を引いた、というやつか？」

「そうだよ。もし目の前にいたら、この手で八つ裂きにして、灰も残らず燃やし尽くしてやる」

「そ、それほどか？」

どこか殺意すら漂わせる口調に、宵華は唸るしかない。そういう信仰の家に育ったのだろうか。穹では屍人の存在はおとぎ話程度だったが、嘲風の住む場所では、破壊の限りを尽くす妖魔とでも伝わっているのか。これは迂闊《うかつ》なことは言えない。

「でも、僕は強い者は好きだ。特に信念を持った矜恃の高い者はね。穹という国の研鑽があったとしても、宵華は人より才があってもそれを驕らず、他人の為に使っている。それはとても素晴らしいと思う」

気に入った、とまで言う。清々《すがすが》しいほどの上から目線だ。

「宵華は酆都に住んでるんだろ？　なら亡者ってことだよね。地獄行きとは思えないから、裁判待ち？」

「うむ。明日がわたしの裁判だ」

「なら、僕も同席する。それほどぽんこつの真君に宵華を任せられないからね」

「同席？」

妙なことを言う。

更に不可思議なことに、嘲風は真君の宮城に用があると言った。普通、亡者なら府殿へ案内するところであるが。首を傾げながら、嘲風と共に宮城へ帰ることになってしまった。

粛々と天帝を迎えている頃だろうと思っていたが、宮城は騒々しい。多くの官吏が忙しく出入りしている。天帝が来訪ともなれば当然だ。勝手に納得していると、こちらに気付いた崔郭がすごい勢いで走り寄ってきた。

「宵華様！　そちらのお方は？」

「ああ。酆都で出会った嘲風という。真君に用事があるとか……なぁ？」

「ま、そうだね。真君はどこ？　僕が直々に足を運んでやるよ」

不敵に笑う嘲風を見て、崔郭の顔色がみるみる青くなる。そして悲鳴にも似た声で「執務室においでです」と叫んで案内を買って出てくれた。今更案内などなくても執務室くらいは一人で行ける。不思議に思っていたが、執務室に入った瞬間にその違和感の正体が判明した。

嘲風の姿を見るなり真君は膝をつき、青ざめて拱手したのだ。

「馬車を抜け出して、どちらにおいでかと思えば……お捜ししました、天帝」

「天帝？」

ついに怠慢の末に呆けたかと思ったが、当の嘲風は鼻で笑う。

「視察に来たんだから、酆都くらいは見て回るよ。付き添いが一緒だと面倒だから、一人で行っただけだけど……なに？　僕に文句でもあるの？　言ってみなよ」

「ありません！　なに一つありません！　あるわけがございません！」

ぶんぶんと首を横に振る。その後ろでは青頼がにこやかに礼をとっていた。

「ご無沙汰しております」

「青頼も元気そうだね」

見間違いではないのか。改めて、嘲風をしみじみと眺める。天帝と言えば、天を統べる尊き神。万物の父であり並ぶ者はいない。東嶽大帝でさえも、天帝の息子だとか孫だとか聞くが。背丈は宵華よりも少し低い、この少年が？

「こんな子供が天帝だと？　可愛げのあるただの少年ではないか」

ぽんぽんと嘲風の頭を撫でると、「やめてー！」と真君に飛びつかれ押さえ込まれた。そして無理矢理両手を掴まれて揖礼の形を作らされる。

「申しわけありません。うちの宵華がご無礼を……！」

「おまえさまよ、わたしを謀っているのではないのだな？」

「当たり前でしょ！　こんなときにふざけないから！」

ようやく合点して膝をつく。こんな少年が『父』とは、玉京とは摩訶不思議《まかふしぎ》な場所らしい。

「別にいいんだよ。正体を明かさなかったのは僕なんだから。それよりも真君、『うちの』ってなに？　まるで身内みたいな言い方だね」

「……あぁ、それは……冥府の亡者はことごとく俺の管轄なので、可愛い我が子……みたいな？　慈しみの気持ちが溢れ出てですね……」

「おまえ、そんなに博愛主義だったか？」

真君はだらだらと滝のような汗を流す。言いわけとしては苦しいだろう。見かねたのか、青頼が素直に申告する。

「真君のお嫁様なんです。ご結婚なさったんですよ」

「はあ？　亡者と？」

「穹の皇女なんです。是非とも真君に嫁入りをと、わざわざ冥府までご足労いただいた次第です。おはようからおやすみまでいつもご一緒で、非常に仲睦まじく……お似合いの二人でございますよ。それも明日まででございますが」

嘲風――天帝を前にのうのうと語る。嘘ではないが誇張も激しい。隣で真君が悲鳴を飲み込んでいるのがわかる。

「……限定的な夫婦ってこと？　よく意味がわからないが……他にも気になることがいくつかあってね」

訝しげな視線を真君に投げてから、宵華の後ろをついて歩く炎虎に向ける。

「この炎虎はどういうこと？　真君が御して懐くなら道理もあるが、何故ただの亡者である宵華に懐いているの？　炎虎の主は誰？」

「炎虎の主は……俺です。な？」

ぱっと顔を上げて炎虎を撫でようと手を伸ばすが、爪の出た前足ですぐさまはたき落とされてしまう。いつだって、炎虎の対応は真君にしょっぱいのだ。

「玉京で炎虎が暴れ回ったのを僕は見ていたけど……おまえにこいつを制する気概があったか？」

「もちろんです！　この酆都真君、いつでも気概だけは誰にも負けません！」

「へぇ……」

胡散臭いと半眼で真君を眺める。

「穹出身とはいえ、宵華は随分と酆都で活躍しているらしいね。穹の皇女が？　そんな大剣背負って炎虎を連れて？　おまけに屍人姫なんて呼ばれて……ねぇ？」

やおらその手で、真君の頬をぺちぺちと叩いた。

「屍人なんて……名前を聞くだけでも虫唾《むしず》が走る。真君、僕がどれだけ屍人を嫌いか知ってる？　完璧で美しい玉京に火を放ち、そこに住む神仙に刃《やいば》を向けた。冥府の全てが己の身内だと言ったおまえならわかるよね？　僕の可愛い子供たちが低俗な屍人たちに蹂躙《じゅうりん》される、その屈辱を」

「察するに余り有るかと……」

そうだろう？　と真君の目を覗き込む。

「僕に嘘をついてないよね？」

「天帝を謀るなど、あるはずもございません」

「なら明日の宵華の裁判、僕も同席するから。やましいことなんてないんだろ？」

嘲風は唇の端を持ち上げる。ぴしりと固まった真君は、おずおずと視線を上げた。

「……わざわざ天帝のお時間を取らせるほどのことではないかと」

「口答えするの？　この僕に？」

「……いいえ」

「じゃ、よろしく。後、おまえ……水虫なの？　近寄らないでよね」

「なんですかそれ。誤解です」

宵華はちらりと横目で見る。真君の顔色はもはや土気色だったが、隠し通すつもりらしい。果たして可能なのか。事実を知られれば、待っているのは魂の消滅。

宵華は窓から覗く空を仰ぐ。穹での人生も、この四十九日間の思い出さえも消えていくのは惜しいのだ。そう考えた自分に気付いて、そっと蓋をした。生け贄として、故国を救わんと冥府に赴いた身なのだ。犠牲になった者も多く、その上を踏み越えてやってきた。だから楽しかったなどと、思ってはいけないのだ。これ以上、なにかを望むなどあってはならない。

＊　＊　＊

食べ散らかした大皿の料理が並び、酒瓶と杯が散乱する。酒気が充満する大広間の様子を見て、鄷都真君は満足気に頷いた。

視線の先には大の字になっている天帝の姿。傍らで様子を見ようとかがみ込んだ青頼に、素早く声をかける。

「潰れたか？」

「はい。しっかり寝入っておりますね」

不敬にも天帝の頬をひたひたと叩いている。起きる様子はなく、完全に酔い潰れていた。真君はようやくほっと息をつく。

「相変わらず、こんな形《なり》で蟒蛇《うわばみ》すぎる」

「前回もそうでしたね。真君の即位式のときも、天帝はあるだけの酒を飲み干して、潰れていました。真君が潰した、と言った方が正しいでしょうか」

そうだった。真君が無理矢理に即位した時分も、訪問する日を盛大に伝えておきながら、馬車から逃亡した。捜し当てたときには酆都ですっかりできあがっていて、「土産に世界中の酒を持ってきたから、残さず飲め」と迫られた。真君を祝うと言うよりも、ただ自分が飲みたかっただけなのではと、宴会の終盤でようやく気付いた。

「いつだって理由をつけて騒ぎたいだけだろうよ。玉京は平穏すぎてつまらないと、愚痴るくらいだからな」

悪態をついた瞬間、天帝が寝返りをうつ。聞かれたかとびくりと身体を震わせたが、目を覚ます気配はなかった。どっと疲れて、その場に座り込んでしまう。

「頼むから起きてくれるな。できれば、宵華の裁判が終わるまで寝ててくれ」

「あれだけ飲んでよく大丈夫ですね、あなたは」

「地上にいた頃は戦勝会なんて日常茶飯事だったからな。酔わないコツがあるんだよ。それ以前に、酔える雰囲気じゃないが」

「真君が上手く乗せるので、先代の近況も聞けましたしね」

律儀に天帝の周囲の酒器を片付けながら、青頼が小さく笑う。

「……暇を持て余して日がな一日、一人で碁を打ってるってやつか。全く笑い事じゃない。暇なら冥府に戻ってきてくれ」

「それ、天帝に申し伝えるはずでは？　今すぐ起こしましょうか？」

「やめろ！　それに言えるか。ただでさえ疑われているのに」

真君の言葉を信じているようなふりをするが、僅かでも疑惑を持たれているのは明らかだ。事前に宵華にはよくよく言って聞かせたが、嘘をつくのは気が進まない様子だった。天帝が幾度が鎌をかけるような質問をしたが、その度に酢を飲み干したような変な顔で、真君が用意した答えを口にしていた。根が素直なのは美点だが、正直すぎるのも考え物である。

「このままにしておけませんから、客室へ連れて行きますよ」

青頼が天帝を抱え上げるので、そっと付け足しておく。

「できれば睡眠薬でも盛っておいてくれ」

「できません、そんなこと。真君は宵華様をお願いしますね」

やれやれと、青頼は酒宴の室を出ていってしまう。

「……そう、問題はこっちだ」

真君の傍らには、膝を抱えて床に座り込み、ふふふと笑みを浮かべ続ける宵華があった。しっかりと酒臭いのは、無理矢理に天帝が酒を勧めたからだ。

「子供にこんなに飲ますやつがあるか……」

「酒というのはふわふわするな。ふふふ……どうしたおまえさま、分身しているぞ」

「……相当まわってるな。おい、しっかりしろ。とにかく水を飲め」

酔い覚ましに持ってこさせた果実水を杯に注いで、なんとか手に持たせる。

「おまえさまが二人いる。そういう仙術なんだな、わかっているぞ」

「はいはい、そういう仙術なんですよ」

　適当に相槌を打っていると、杯を放り投げてがばっと抱きついてくる。

「おまえさまよ、わたしの質問に答えるんだ！」

「酔ったら絡む性質か……めんどくせぇ！」

「わたしの裁判はどうするのか！　天帝の目を盗んで、禄命簿を書き換えるつもりか！」

　思ったよりも大きな声で叫ぶので、慌てて口を塞いで抱え込む。

「大声出すなって……！」

「質問に答えろ！」

「とにかく今は時間を稼ぐしかない。なんとかやり過ごして、天帝の見ていない隙に禄命簿を修正する。方法はこれしかない」

「冥府の王ともあろう者が、こそこそとするのか」

　顔が真っ赤になっているのは、酔っているからか怒っているからか。

「仕方ないだろ。それともなに？　俺が虫ケラになってもいいの？」

「……夫が虫になるのは嫌だ」

「そうだろ？」

「でも嘘も嫌だ」

むむむと眉を吊り上げながら、真君の膝の上でごろんと寝転んでしまう。

「なんでもかんでも公明正大ってわけにはいかないの。方便が必要なときもあるんだから。バレたら良くて地獄行き、最悪処刑だよ」

「地獄はそれほど悪くないぞ。炎虎と毎日戦える」

栄麗《えいれい》もいるし、顔馴染《かおなじ》みもできたと笑う。宵華にとっては遊び場の一つなのだろう。地獄に行かせる気など毛頭ないが、これでは地獄の意義などあってないようなものだ。

額を押さえて真君は唸るしかない。

「おまえさまよ、質問に答えろ」

「今度はなに？」

「焔崇《えんすう》はどこにいるのか？」

「……さぁ、どこだろうね」

声色を落として呟く。

「心残りだ。ついぞ会うことはできなかった。もし会えたなら、おまえさまを自慢しようと思っていたのに」

「自慢されるような夫かね、俺は」

「わたしの夫は、仕事を放り出して、毎晩酒場で飲み歩く仙人だぞ、と」

「何一つ、自慢できないよね!?」

「しかし、いつでもわたしを助けようと動く男なのだ。鄴都に来たばかりのわたしが盗賊に襲われていたときも、炎虎と戦ったときも、雷公馬が暴れたときも……」

見ていないと思っていたが、気付いていたのか。しかし助けに入ろうとはしたが、成せなかったのは事実だ。見下げたものである。

「根は優しくて伸び代しかない夫なのだ。嫁として誇らしい。虫ケラにはさせないからな、安心しろ」

「……そりゃどうも」

「わたしはちゃんと嫁らしくできていたか？　おまえさまの嫁として、自慢できるか？　もし、わたしが地獄へ行くことになっても、転生することになっても……処刑されても、時々は思い出してくれ」

「あぁ……忘れないって。こんな無茶苦茶な姫君なんて」

思い返せば、忘れたはずの正義感に何度振り回されたかわからない。選りに選って穹の皇女に、だ。

「質問に答えろ、おまえさま」

「まだあるの？」

「本当の名前はなんだ？　どうして仙人になった？　昔の穹を知っているなら、焔崇を見知っているだろう」

教えろと、宵華は迫ってくる。

妙な因縁だ。置いてきたはずの故国が、今になって追いかけてきた。宵華の髪を撫でながら、ふと思い出す。かつて仕えた主君も同じ色の髪をしていた。

今の宵華はへべれけに酔っている。話したところで覚えていないだろう。嘆息してからぐりぐりと宵華の頭を撫で付けた。

「俺はそもそも武官でな。官吏なんだから当然、仕える主君がいる。当時の穹の皇帝は、あんたよりも少し年上のお姫様だった。これもあんたに似て真面目で正直で、正義を愛する人だった」

穹の皇族の血なのだろうか。宮城で大人しくしているのは性に合わないと、変装までして都に繰り出し、解決するべき問題を拾い集めていた。

「俺もその頃は馬鹿みたいに真っ直ぐでね、主上には気に入られていた。隣国と睨み合いながらも、それなりに平和だった。だがあるとき、国中を流行病が襲った」

「そうだ。過去にも穹は病が流行ったのだ」

「治療の手立てもなく、国中を奔走するばかり。あっという間に多くの民は冥府へ旅立った。見送るのも飽きた頃、冥府へ赴き、東嶽大帝に直談判すると主上が言い出した。当然、俺も周りの官吏も止めた」

どこかで聞いた話だろ？　と真君は笑う。

「だから代わりに俺が冥府へ行ったんだ。そこで先代に会い奏上した。だがな、そもそも冥府は死んだ人間を受け入れるだけで、流行病なんて管轄外なんだ。自分に言っても仕方がないと、先代は言った。玉京に伺いを立てねばならないって」

「おまえさまは、わたしにもそう言ったな」

「でも、他に糸口がないわけだ。玉京への伝手《つて》があるわけでもない。東嶽大帝に縋るしかなかった。俺が余りにもしつこいから、そのうち先代が折れた。自分から一本取れれば玉京に使いを出してもいいってな」

「……しかしおまえさまは」

言いたいことを察して、真君は苦笑する。

「そう、何十日もかけて結局一本も取れなかった。でも、主君に代わって毒を飲み、冥府へやってきた忠誠心を買ったのだと先代は言っていたが……是非に冥府へ召し上げたい、隣で剣を振るってくれと頼まれた」

「おまえさまは、それを引き受けたんだな」

「毒を飲み冥府へ来たが……俺は人より毒の耐性があって、上手い具合に仮死状態になっていた。だから一度、国へ戻れた。これで故国から流行病が消えると、意気揚々と帰還した。主上はお喜びになるはずだって」

遅かったんだと、真君はそっと唇を噛む。

「俺が戻ってきたときにはもう、主上は病に冒されていた。死の淵《ふち》だったんだ。看取《みと》ることしかできなかった。俺がもっと強ければ……もっと早くに勝負に勝てていれば、死なせずに済んだんだ」

「相手は神だぞ。簡単に勝てるものか。それでもおまえさまは食らい付いて、玉京への糸口を必死にもぎ取ったのだ。誰がおまえさまを責められようか」

「人並み以上に剣の腕があると、驕っていたんだよ。周囲から煽《おだ》てられて調子に乗っていたんだ、俺は。結局、なにより守るべきだった主君は救えなかった。おまけにこてんぱんに先代からやられて、自分の在り方に疑問を持たざるを得なかった。先代のお陰で流行病は去ったが、俺はすっかり空っぽになったな」

真君は見つけた酒瓶から残った酒を注ぐと、一気に飲み干す。

「自負も自信も主君もなくした俺を、それでもいいと先代は拾ってくれた。国は烏克に任せ、守るべきものを失った俺は冥官になったが……結果がこの有様だ」

「ん……焔崇みたいだな」

「……そうだな」

宵華を見やると、うつらうつらと船をこいでいる。自分の話などまともに聞いていない。室に連れて行って寝かせてしまおうと、宵華を抱える。

明日になれば全て終わる。どうあっても宵華には転生の道を示すつもりでいるが、天帝がなにを言い出すかわからない。

「……禄命簿さえ守り切れば」

宵華は、かつての主君の血縁者だ。今度こそは守ってみせる、そういう気概が少なからずもあった。明日の裁判を無事に終えれば、叶うのだ。しかし、それはつまり宵華がいなくなることも意味していた。いなくなれば、元の平穏な毎日が戻るだけなのに。平穏で平坦《へいたん》で色のない日々。それはさぞや――つまらないだろう。そう思い至り、真君は足を止めた。

「……いて欲しいと思ってるのか」

このまま、騒がしい毎日が続けばいいと、そう思っている自分もいるのだ。正義を愛し故国を思って死んでいく皇女は、もう見たくはないと。できれば生き生きと人生を謳歌《おうか》して欲しいのだ。無念のうちに死んだ主君に代わって。

宵華を抱えて、室まで運び寝台に寝かせる。そのまま静かに立ち去ろうとしたが、宵華の手が袖を引いた。眠ったまま無意識に摑んでいるらしい。寝ていても屍人の力だ、離してくれそうもない。

「………………」

しばし悩んで、ごそごそと寝台に潜り込む。一応、建前上は夫婦だし、一緒に過ごす最後の夜だ。宵華を抱えて、ぽんぽんと頭を撫でる。

「……ここでの暮らしはどうだった？　楽しかったか？」

ついぞ、宵華の口から聞きそびれてしまった。

「なぁ、あんたはどうしたい？　転生したいか？　それとも……」

＊　＊　＊

宵華が目を覚ますと寝台にいた。

酒臭い男が隣で寝ていたので、反射的に蹴り飛ばす。ぐるぐると回転して壁にぶち当たり、床に崩れ落ちたのは真君だった。そういえば、自分で室に戻った記憶がない。運んでくれたのだろうか。

「す、すまん……おまえさま。どこぞの不届き者かと思ってしまった。しっかりしろ。起きぬのは頭を打ったからか？　それとも深酒の所為か？」

昨夜は天帝と競うように酒を飲んでいた。酔っ払いの介抱はどうしたらいいのか知らないので、とりあえず青頼を呼んでみた。室の隅で伸びている真君に驚いたのか、青頼は少し目を見開く。

「おやまぁ……同じ室で一緒に寝るなんて、本当に夫婦ですね。よきかなよきかな」

無礼はしませんでしたか？　と尋ねつつ真君を容赦なくはたく。

「ん……よく覚えていない。この男がなにかを話してくれた気がするが、なんだったか……」

「宵華様もお酒を召し上がっておいでしたからね。気分は悪くないですか？」

「うむ、大丈夫だ」

「真君は後で叩き起こすとして、宵華様はどうなさいます？　裁判まで少し時間がありますが」

少し考えて、宵華は窓から空を見た。

「鄷都を見てきてもいいか？　最後だから……目に焼き付けておきたい」

「承知しました」

青頼は一礼してから、ずるずると真君を引き摺って出て行く。それを見送ってから着替えるが……剣と炎虎は置いていくことにする。少し見て回るだけだから。

いつものように鄷都を一回りして、最後の思い出にするつもりだった。栄麗に地獄の様子を聞いて、困っている人に手を貸して、それで満足できるはずだったのだが。

「屍人姫様！　どうかお助けください！」

「どうした？」

今日もどこかで亡者が暴れているのかと、そう思っていた。腰の引けた男に呼ばれて、辿り着いたのは裏の通り。幾人かの男たちに、年若い娘が囲まれている。娘には見覚えがあった。

「昨日会ったな。確か、翡翠の耳飾りを奪われて……」

そう、宵華が取り戻したのだ。宵華に気付いて娘が声を上げる。

「宵華様、お逃げください！」

「この者たちが、また狼藉《ろうぜき》を働こうというのだろう。いつものように成敗して――」

しかし宵華の語尾を遮るように、男の一人が刃物を娘の首元に突きつけたのだ。

「大人しくしてろよ、お嬢ちゃん。毎日毎日俺らの稼ぎの邪魔をしやがって。聞いたぞ、あんたの裁判は今日なんだってな」

「だからどうした」

「今日を最後に、あんたは鄷都に来られなくなる。あんたみたいな英雄気取りを地獄へ落とすほど、真君は阿呆じゃないだろうが……それでもちょいと、気になることがあってな」

「一体なにが目的だ。わたしへの復讐《ふくしゅう》ならその娘は関係がない。離せ」

抜き身の剣をちらつかせる男の額に傷があった。これも見たことがある。宵華が鄷都へ来たばかりの頃、襲ってきた盗賊ではないか。屍人の力を持て余して、盛大に殴り飛ばしたはずだ。

「俺は見たんだ。剣に刺されたあんたが血を流すのを。あんたは亡者じゃない。かといって官吏でもない。なら一体、何者なんだろうなって話だ」

「……………」

「おい、連れて行け」

男の号令に、男たちが宵華を取り囲む。下手に暴れれば娘の喉を一突きにされるだろう。死という概念から遠い亡者とはいえ、苦痛はある。それを受けさせるのは本意ではない。大人しく言うことを聞くのが得策か。

男たちに追い立てられたのは、鄷都で最も人の往来が多い大通り。屍人姫と知れ渡る宵華が、見るからに柄の悪そうな男たちに引っ立てられているので、何事かと足を止める住民も多い。

そうしているうちに、例の男が仲間に目配せをする。途端に両腕を掴まれて拘束されてしまった。そして男が無遠慮に剣を振るう。左腕を切り裂かれた痛みに、宵華は呻いた。英雄たる屍人姫になにをするのかと、抗議と非難の声がたちまちに上がる。だがそれはやがて、大きなどよめきとなったのだ。

皮膚が裂け血が溢れる。亡者ではあり得ない生々しい事象に、あちこちから悲鳴が上がった。やがて傷は白い煙を上げてみるみると塞がってしまう。静まりかえった通りで、男が声を張り上げた。

「屍人姫などと持ち上げるのも大概にしろよ、酆都の住民たちよ！　これがこの娘の正体だ！　亡者でもなく神仙たる官吏でもない！　この娘は渾名の通りの屍人だ！　化け物だ！」

人々が息をのみ、絶句するのがわかる。やがて観衆は戸惑ったように囁き始めた。

「屍人だと……？」

「伝説に出てくる、あの？」

「玉京に攻め入ったと言われる罪人の？」

「あの娘は玉京に……冥府に反逆しようとする尖兵《せんぺい》なのか？」

宵華は呻きながら、周囲に目を配る。今まで助けてきた住民の誰一人、擁護する者はいなかったのだ。その事実に愕然とした。

屍人ではない、と言えば嘘になる。しかし冥府に仇なすつもりなどない。しかし化け物の言葉など、この状況で誰が信じるだろうか。言葉が出てこない。

「だからこその異常な力だ。穹の民だからではなく、屍人だからこその馬鹿力よ！　酆都の住民に取り入って、侵略しようとする腹に違いない！」

言って男は、宵華の胸に剣を突き刺してくる。

「は……！」

熱を伴うような激痛と、言葉よりも先にこみ上げる血。みるみるうちに地面に広がる血だまりを見て、人々は数歩後ずさった。

激痛に耐え、否定もせずただ凶器を受ける宵華の沈黙を、住民は肯定と受け取るしかない。

（……あぁ、ここまでか）

嘘をよしとしない性格が裏目に出た。真君がいれば適当に誤魔化してしまうだろうが、宵華一人ではままならない。声を出すよりも先に、口から血が溢れてくるのだ。

（……すまない、おまえさま）

心の中で呟いた矢先、宵華の頭にこつんと石がぶつかる。誰かが投げたのだ。

「化け物！」

どこからかそんな声が上がる。驚いて目をやるが、投げた住民の姿は確認できなかった。それに反論できる材料などない。打たれて当然だ。私刑に近い騒動に気付いたのか、間もなく衛士が駆けつけて来る。末端の官吏とは言え、彼らは宵華のことを知っていた。すぐに男たちから宵華を引き離し、保護をする姿勢を見せたが、その手が躊躇するのを見逃さなかった。真君の后を名乗るこの娘は、化け物である。暗にそれを信じる気持ちがあったのだろう。

宵華は衛士に連れられて粛々と護送された。しかし行く先は真君と青頼の待つ執務室ではなく、府殿の地下。石の壁に囲まれ、鉄の棒がはめ込まれた牢獄《ろうごく》だったのだ。

今からここに入れられるのだろうか。

「……化け物は牢に入れろと、真君の命令か？」

ようやく傷が癒えて出た言葉に、衛士は口ごもる。

「いえ……真君ではなく」

「僕の命令だよ」

よく通る幼さの残る声。ぱっと顔を上げると天帝がそこに立っていた。初めて会ったときの不敵な笑みはなく、ただ辛辣な視線を向けられる。

「天帝……」

「酆都での騒ぎを聞いたよ。君が刺されて……その怪我が再生することも」

「………」

「やはり渾名通り、君は屍人だ。だから炎虎を制し、大剣なんぞを軽々と持ち歩けたんだ。目的はなに？　また玉京に反逆を企てる気？　汚らわしい屍人ごときが」

「違う、わたしは……」

その先の言葉が出てこない。真君の過ちの結果だと言えば、糾弾されるのは真君だ。それこそ、虫ケラへの転生の道が一直線に開けてしまう。自分が黙っていれば、それで済む話ではないだろうか。宵華はぐっと手を握る。

「……わたしはどう罰せられようとも構わない。屍人……化け物であるという事実は変わらないのだから」

「潔いね。その気概だけは嫌いじゃないよ」

天帝は鼻で笑うと、衛士に指示を出す。

「牢に入れておけ。だが相手は屍人だ。鉄の棒や石の壁なんぞぶち破るかも知れないからな。よくよく見ておけよ」

「はっ」

「君の裁判は間もなくだ。それまでここで、自分の存在をたっぷりと悔いるがいい。屍人はそこに居るだけで罪なんだから」

吐き捨てるように言い残し、天帝は踵を返してしまう。そこにかける言葉など見つかるはずもなかった。

剣を向けられ牢へ自らの足で入る。その隅で蹲《うずくま》って、自分の左腕と胸をさすった。剣で刺された傷はすっかり癒えている。

（本当に化け物だな）

もしあのとき——酆都に着いたばかりのときに真君に会わなければ、遅かれ早かれこうなっていたのだろう。だとしたら、この四十九日間は幸運だったのだ。いつも暖かい室で青頼が淹れてくれた茶を飲み、真君の尻を叩いて笑う。それらは過ぎた幸せだったのだ。

元はと言えば真君のしくじりが発端だが、それがなければ真君への嫁入りは叶わなかった。粛々と裁判を待ちながら、故国を救えない絶望に苛《さいな》まれていたことだろう。今となっては青頼が玉京に──天帝に穹の現状を訴えてくれるかはわからない。しかしなにもできないよりは、いくらかマシだ。屍人と知ってもなお、一緒にいてくれたのだ、真君も青頼も。

それで故国が救われる可能性があるのなら、化け物と石を投げられても屍人となった価値がある。決して徒労ではないのだ。

「……おまえさまに感謝を」

天帝から処刑を言い渡されようが、誰かを恨む理由はない。英雄を気取ったりもできたのだ、最後に救いのある人生だった。

こみ上げてくる涙を必死に押しとどめる。自分は幸せだったのだ、これ以上を望むことをしてはならない。しっかりと気持ちに蓋をして、全てを受け入れよう。溢れてこようとする感情の正体など、知ってはいけないのだ。

＊　＊　＊

「今……なんと？」

呆然と真君が問い返す。

いつの間にか姿を消していた天帝は、戻ってくるなり真君を睨《ね》め上げて、こう言ったのだ。

「宵華は屍人だ。僕の命令で罪人を牢に入れた。文句でもあるのか？」

さっと血の気が引く音がした。なにがあったのかと問いただすよりも先に、青頼が素早く耳打ちをしてくる。曰く、酆都で暴徒の逆恨みから公衆の面前で斬られたのだと。人質を盾に、宵華は為す術がなかった。

いつもながら、どこからどうやって迅速に情報を収集できるのかは知らないが、青頼は淡々と告げてきた。

「…………」

さすがに一瞬、言葉を失った。本人はよかれと思って酆都を見回っていたのに、それがこの始末。あまりではないか。しかし延《ひ》いては、仕事を放棄し治安が悪化した、その結果だ。真君の怠慢の結果である。

なにも言えないでいる真君を、天帝は笑った。

「大人しくしていたぞ。己の罪深さをわかっているのかな。何故冥府に屍人が交ざっていたのかはわからないが、然るべき罰が必要だ」

「宵華は……」

罪人ではない。そう言ったところで、天帝の価値観が覆るとは思えなかった。だが居ても立ってもいられずに、室を出て行こうとするも、天帝の鋭い声がそれを止めた。

「どこへ行く」

「……宵華の言い分も聞かねばなりません」

「おまえは屍人の肩を持つのか。僕に対する反逆の意思があるのか？」

「いいえ。ですが……」

そこから先の言葉が出てこない。天帝は屍人特有の事象を知っている。ここで、宵華は屍人ではないと嘘をついても意味はないのだ。庇い立てすれば、真君も同罪と見なされる。保身を優先するわけではないが、それではなにもできない。

「すぐに裁判の準備をしろ。当然、僕も同席する。どうせ屍人の行く末など、決まっているけどね」

「…………」

「……真君」

いつもの涼しげな笑みを消し、拱手と共に青頼が促す。拳を握りしめて、真君は声を押し殺した。

「……わかっている。すぐに用意を。官吏にも伝えろ。一秒でも早く、宵華の裁判を始める」

粛々と法廷に官吏が集まる。即位してから裁判に列を連ねることなど稀だったが、今日ばかりは適当にやり過ごすわけにはいかない。

いつもより正装の帯がきついのは、青頼が力を込めて締めたからだ。秘書官は法廷には入れない。そういう決まりなのだ。自分の代わりにしっかりやれと、青頼はそう言いたかったのだろう。

（言われなくても、どうにかしてやる。するしかない）

席には崔郭と司命《しみょう》、司録《しろく》が座る。そしてもう一人、天帝が腰を下ろしたところで、法廷の扉が開かれた。屍人であり罪人であると、天帝が事前に告げていたのだ。宵華は後ろ手に縛られ、数人の官吏に引かれて入ってきた。

なんの咎があっての拘束かと苛ついたが、己の不始末の結果だ。目に見える形で示され、後悔の念が襲ってくる。しかし額を押さえる真君の目の前で、宵華は毅然と背筋を伸ばしていた。

「穹国皇女、宵華だ。馳せ参じた」

朗々と告げる様子に、天帝はせせら笑う。そしてちらりと真君を横目で流した。

「はじめて」

疑わしきは全て罰する、そういう目だ。真君は無意識に睨み返し、官吏を見回す。

「……では、これより審理をはじめる。司命、司録……亡者の功罪を」

「は」

真君の呼びかけに、朱の官服を着た二人の官吏が立ち上がる。そのうちの一人、司命の手元に厚い冊子がある。宵華の禄命簿だ。決して目を離すまいと誓う。

「穹国の第二皇女、宵華。生まれは同じく穹であり、姉の芳陽《ほうよう》、妹の翠月《すいげつ》を持つ。齢《よわい》十三にして没す」

司命が禄命簿を開き、そこに記録されている善行を読み上げる。皇女として生まれながらも、病がちの身体で生前の大半は病床であったこと。亡き父である前皇帝に愛され、亡き母である皇后をよく助けた。穹の皇帝として即位した姉の言を守り、たった一人の妹を慈しむ。病に苦しめられた民を救わんと、死して冥府へ旅立つ。生まれてから死ぬまでの記録だ。冥府での善行は記されない。だが、なんら咎められる箇所などない。

次いで司録の下に禄命簿が送られ、そこに書かれてある悪行を読み上げる。

俗に冥府では罪と呼ばれるものは五つとされる。まずは殺生。生き物を殺してはいけない。かつては虫を殺すことはもちろん、鶏肉《とりにく》や豚肉を食べることもそれに抵触するとされていた。しかし、それでは大半の亡者が罪人となる。いつからか先代は、食肉に関しては不問とする旨を告げていた。次いで妄語、嘘をつくことも悪行となる。宵華に関しては、これにもあたらなかった。盗みをするという、偸盗《ちゅうとう》、享楽に溺れるという邪婬、酒を飲むという飲酒さえも宵華は触れていない。

幼くして死んだこともあるが、ここまで悪行が少ないのも稀である。生前の功罪で判断するのであれば、なんの障害もなく転生を告げるだけだ。

禄命簿はそのまま崔郭の下へ渡る。本来であれば冥官長である彼が、真君に対して裁決の進言を行う。自分は転生で然るべきであると、意見を述べるのだ。それを受けてから、真君の判断を仰ぐのが通例である。

しかし今回に限り、天帝が事前に「罪人である」と告げている。禄命簿に目を落とした崔郭は、額に脂汗を浮かべて天帝と真君を交互に見やった。

「禄命簿での記録を見る限り、この亡者に罪はなく……地獄へ送る要素は見受けられません。本来ならば転生であると申し上げるべきですが」

どうしたものかと、崔郭の表情が告げていた。当然だ。宵華自身に罪はないのだ。いくら生前の行いを洗ったところで、屍人へと繋がる要因など出てこない。

真君は努めて冷静に、崔郭に視線を投げる。

「禄命簿をここへ」

「はい」

形式だけとはいえ、崔郭は進言を行った。後は真君の采配である。禄命簿さえ書き換えれば、なんら問題はない。屍人へと至った経緯さえ消してしまえば――宵華の身体はただの亡者となり、罪である要因は消え去る。そうなってしまえば強引にでも推し進められる。ここは冥府で、その王は自分なのだから。いくら天帝でも口出しはさせない。

崔郭が禄命簿を手に立ち上がる。しかし、これまでの様子をじっと見ていた天帝が、やおら手を伸ばした。

「それ、僕にも見せて」

真君は僅かに眉間に皺を寄せ、天帝を睨む。

「恐れ多くも……天帝とはいえ、禄命簿に手を出すことは越権であると存じますが」

「僕が見たいって言ってるんだよ。反論する気か？」

語気を強くして、天帝は射るような視線を向けてくる。真君はそれを無視して口を開く。

「……崔郭、禄命簿を寄越せ」

「僕に寄越せ。僕の命令だ」

困ったのは崔郭だ。強権力の板挟みである。玉京の王に従うか、己の上官の命令を聞くか。崔郭が出した結論は、天帝に阿《おもね》る方だった。

「真君、お許しを……！」

宵華の禄命簿を天帝に捧げ渡して、崔郭は床に頭を擦りつけるように叩頭《こうとう》した。

「…………！」

これぱかりは崔郭を責めても仕方ない。己の人望の無さが招いた事態だ。ここでも日頃の怠慢の結果が目に見えて現れた。悪態をつきそうになるのを堪えて、もはや見守るしかないのか。

やがて天帝はぱらぱらと禄命簿を開き、唇の端を持ち上げて不敵に笑う。見逃すのではないかと考えたが、甘かった。

「誰かの手引きがあったわけでもなく、生前になんの咎もないまま屍人になるなんておかしいと思ったら……これか」

該当の頁を開き、指でとんとんと叩く。

「死因に記載があるが、生者の項目が『可』となっている。これでは身体と魂が矛盾して屍人になれと言っているようなものだ」

「……決して故意ではなく」

「故意じゃない？　おまえの判があるぞ。おまえがその目で見て、認めたということだろう」

「…………」

「知っていたな。おまえは知っていて、わざと屍人を作ったのか？　かつての玉京に攻め入ったあの不届き者と同じように、僕に背くつもりか。答えろ」

是と言えば、真君自身を……延いては冥府全体が反逆者として玉京の敵となるかもしれない。かつて冥官を死なせてしまった自身が、再び同じ過ちを犯す。それだけは避けたい。否と言えば最悪、罰せられるのは宵華と、自分だけだろうか。しかし、今や宵華に累が及ぶことも耐えられなかった。

真君は意を決して、天帝に拱手する。

「非は全て俺にあります。常日頃から職務を疎《おろそ》かにし、冥官をはじめ亡者にも負担をかけてきました。禄命簿の照合でさえも軽視した結果、故意ではないにしろ、宵華に屍人という罪を背負わせてしまいました。全ては俺の責任です」

「……おまえの怠慢は玉京にも聞こえている。だから僕が来たんだ」

宵華が来る前ならば、その言葉を聞いて喜んだだろう。玉京に悪評が届けば、やがて見かねた先代が戻ってくるはずだと。それを見届けた後に責任をとって仙籍を抜け、人としての寿命を終えればいい。今思えばなんと楽観的だったことか。

全ての責任を取るならば、烏克の件を含めて、己の命を差し出してでも非を認めて処遇を請うべきだった。

「宵華と冥官に伏して謝罪を。願わくば、宵華をただの亡者として裁き、転生への道を示したいと存じます。彼女は決して、地獄へ行くような悪人ではなく、また屍人としての咎も負うべきではありません。自分の処遇は全て天帝にお任せします」

「故意でなくとも屍人を生み出したことは事実だ。僕に知れれば極刑になると知っての告白か？」

「もちろんです」

「僕に伏して頼めば、己の処罰だけで許されると思ったか？」

「……願わくば」

真君は膝を折り叩頭する。だが天帝の返答に一切の慈悲はなかった。

「ならない。おまえは知らないだろうが、一度屍人になってしまえば元に戻る手段などない。おおよそ、禄命簿を修正すればと考えているだろうが、無駄なことだ。屍人であるという事実は永遠に消えないし、屍人であるという罪も消えない。おまえは自分の命では贖《あがな》えない罪を犯したんだ。身を以て知るといい」

叩頭した真君の頭を一度踏みつけて、天帝は宵華に視線を向ける。

「罪人はこの場で処刑する。屍人といえど、首を落としてしまえば死が訪れるんだ。それはつまり、魂の一切の消滅であると同時に、救済であると思え」

真君、と天帝に呼ばれる。

「己が命が惜しいのならば、おまえが執行しろ。屍人の首をこの場で刎《は》ねれば、ただの不注意だと不問にしなくもない」

「できません」

自分の所為で屍人にしてしまった上に殺すなど、できるはずもない。即答すると天帝は敵意の籠もった瞳で睨んできた。

「おまえはやはり、屍人に肩入れするのか。僕に……玉京に弓を引くか」

「自分の身可愛さではなく、非のない亡者に剣を向けられません」

「屍人は罪人であるという前提に異を唱えるのか？　……東嶽大帝からの知らせとは違うな。酆都真君という男は、悪と見なせば悉《ことごと》く討つ正義感のある男だと聞いていたが……」

焔崇であった頃を言っているのだろう。しかし、それはもう過去なのだ。

ここで、成り行きを見ていた宵華が声を上げた。

「おまえさま、わたしはそれで構わない。わたしに関する汚名を被らないでくれ」

「なにを言い出すんだ……！」

「天帝よ、真君は怠慢でぽんこつだが気骨はあるのだ。慈悲によって、どうか不問に処してやって欲しい。わたしの首ならいくらでも差し出す。酆都の住民にも知られ不安を与えたのは事実なのだ。速やかに処分すべきだろう」

「阿呆！　あんたは黙ってろ！」

「へぇ……」

天帝は鼻で笑いながら、宵華を見下ろす。

「屍人にしては潔い。やっぱり嫌いじゃないよ……でも確かに、酆都の民に広く知られた今、彼らを安心させてやるのが王の務めだろう」

顔を上げようと……宵華の言葉を止めようとするも、天帝の小さな手が頭を押しやりそれを制した。

「であれば、酆都の広場で処刑を行う。住民にも知らせを出せ。その目で屍人が死ぬ様を見れば、酆都には安寧が訪れるだろう。連れて行け」

天帝の指令に、即座に法廷の扉が開け放たれた。亡者を地獄へ連れて行く為に控えていた官吏が、宵華を引き立てに入ってきたのだ。

やめろと叫んでも、崔郭がそうであったように官吏は天帝に忠実だった。真君は抵抗する身体を押さえ込まれ、宵華が連れ去られるのを見送るしか出来なかったのだ。

＊　＊　＊

酆都の広場は盛況だった。宵華が屍人であると晒されてすぐ、その情報は酆都を駆け回ったらしい。次いで、天帝から「罪人である屍人を処刑する」との知らせだ。いつもは市が立つ広場には、酆都中から亡者が押し寄せていた。

円形の広場の中央には、武官に囲まれた宵華の姿がある。そこから少し離れた場所に急遽《きゅうきょ》天幕を張り、豪奢な椅子が用意されていた。そこに鎮座する天帝は、後ろに為す術もなく控える真君を見て、目を細めるのだ。

剣こそ突きつけられてはいないが、真君が抗議の姿勢を見せれば、天帝は容赦なく切り捨てるように官吏に命じるだろう。天帝と真君とでは、権威の大きさが違う。

（もし先代が俺の立場になったならば、俺は先代の意思を尊重するが……）

しかし今、命を懸けて自分に尽くしてくれる官吏はいない。そういう関係を築いてこなかったからだ。貧しい信頼にも程がある。こういうときにいつも助け船を出してくれる青頼もいない。恐らく執務室にでも軟禁されているのだろう。真君を擁護することを禁じるとかなんとか……天帝がやりそうなことだ。

味方はいない、この身体一つしかないのだ。

（どうする……？　このまま見ているしかできないのか？）

ぴりぴりと肌が引きつる。焦れて全身の毛が逆立つ思いだった。焦燥に駆られている真君を知ってなお、天帝は笑みを浮かべる。

「屍人の首は大層硬いらしいぞ。そこらの冥官では切り落とせまい。かつて玉京でも刃を向けてきた屍人の処刑には苦労したんだ。おまえが自分の手を汚すのが嫌なら……そうだな。玉京の処刑人を召喚しよう。ありがたく思えよ」

言って天帝はぱちんと指を鳴らす。直後、目の前の空間が波打ち歪む。そして一陣の風が吹いた後に、人影が現れた。真君と同じか、一回り大きな体軀《たいく》の男。漆黒の袍と頭巾で身体を覆い、額に大きな札を付けていた。いかにもだなと、真君は奥歯を噛みしめる。処刑される者の身内から報復を避ける為に、処刑人は顔を隠すのが通例である。例に漏れず、処刑人の表情は確認できない。

「さあ、はじめてくれ。僕の目の前で、憎き屍人の首を断ち切るんだ」

天帝の言葉に頷いて、処刑人は歩き出し、腰に下げた大ぶりの剣を抜いた。ちらちらと輝く刀身を見て、いつも宵華が振るう剣を思い出す。これで宵華の首を落とそうと言うのか。皮肉にも程があるだろう。

処刑されようとする当の本人は、歯痒《はがゆ》いくらいに大人しいものだ。追い立てられるままに、広場の真ん中で膝をついている。毅然と顔を上げているのは、せめてもの矜恃だろう。真君の名を汚さぬように、夫の名誉を傷つけないようにという配慮なのか。

（くそ……あんたはいつだってそうだ。自分の本音を殺して周囲の声に耳を貸す）

かつての主君と同じだ。国の為、民の為と身を削って尽くすのに、周囲はそれが当たり前だと振り返りもしない。宵華は確かに酆都の為に剣を振るった。なのに今や、宵華の処刑に異を唱える者はいない。いつだって報われないのに、それでも顔を上げて前へ進み、死の影があればそれを受け入れる。そんな穹の皇女が、死神に命を刈られるのをまた眺めていることしかできないのか。なんの咎もないのに。

（嫌だ……）

自分は確かに後悔したはずだ。目の前で主君の体温が失われていくとき、心は無念に染まった。烏克の首が眼前で落ちたときでさえ過去を呪った。なにが英雄だ、笑わせてくれる。近しい者でさえ守れなかったのに、と。青臭い正義感など、なんの役にも立たない。

今もまた、なに一つ守れずに立ち尽くすのだろうか。心が空虚になるのだろうか。

（嫌だ……）

処刑人は言葉もなく剣を振り上げる。あれが下ろされれば、宵華の首が転がる。屍人の身体も魂さえも、跡形もなく消滅する。権力に屈してそれをよしとするのか？

この身一つで、残されているのは『冥府の王』という地位のみだ。これが残された唯一の正義。しがみつくしかない。

（この俺が……冥府の王たる俺がよしとするのか？）

自分に問うた瞬間には身体が動いていた。周囲の官吏を押しやり走り出す。仙術で愛刀を宙から取り出し、柄を握った。そのまま宵華の下まで駆け込むと、下から打ち上げた刀で処刑人の剣を受け止める。

広場中に、きんと甲高い音が響いた。酆都真君が処刑を止めたと、にわかにどよめきが広がる。

「どういうつもりだ」

感情らしいものがうかがえない声で、天帝は淡々と言い放つ。

「納得がいきません。自分の不徳のいたすところは重々承知。しかし天帝の怒りに触れようとも、これを見過ごすわけには参りません。亡者の裁定は俺の職務です。あなたの権限ではない」

「冥府を含む世の理《ことわり》を管理するのが僕の職務だ。屍人が罪であることは、過去に獬豸《かいち》が告げている。それは覆らない」

「ならば冥府の王として再び獬豸の裁定をお願いしたい。過去の屍人は罪人であったかもしれないが、此度の件もそうとは限らないでしょう」

「僕に再考しろと？」

天帝の冷めた表情が、僅かに歪む。怒って強権を振るうかと思ったが、真君が考えていたよりもずっと天帝は娯楽に飢えていたらしい。興が乗ったという顔で、彼は処刑人を指さした。

「そいつを制することができれば、考えてやらなくもない」

「勝てばよろしいのですか？」

払った。

それならば話は早い。真君は大きく剣を振るい、切り結んでいた処刑人の剣を打ち
「そうだ」

「おまえさま……！」

「あんたは黙ってろ」

馬鹿なことをと宵華は言いたいのだろうが、知ったことではない。要は目の前の男を打ち負かせばいいのだ。単純なことである。

打開の糸口を見つけて、焦れていた気持ちが徐々に凪《な》いでいくのがわかった。処刑人の剣を折るか、落としてやればいい。驕っているつもりはないが、易々《やすやす》と負けない自信はあった。しかし処刑人とて天帝に一任されたのだ。無条件で勝たせてくれるはずもない。

真君は素早く構えた剣を一度二度と打ち込む。これを受けきるか流すか、相手の挙動でその腕を測ろうとしたのだ。僅かな時間でも剣を合わせれば力量はわかる。

そのはずだった。しかし手元に残った感触は違和感。

違う、既視感だ。

目の前の処刑人は真君の剣を軽々と受け止めて、なぎ払う。この太刀筋を知っていた。幾度となく挑んだ敬愛する神。東嶽大帝のものだ。

「……大帝、あなたか。玉京におられるはずでは？」

呼びかけると間もなく、処刑人は笑ったようだ。懐かしい声だった。

「相変わらず勘がいい。酆都で王となったおまえは剣を握ろうともしないと、青頼からの手紙にあったが……本当のようだな。日頃の稽古を怠けている筋だ」

言って素早く剣を突いてくる。すんでのところでかわして、再び剣を構えた。

「玉京で日がな一日、碁を打っていると聞き及びましたが……何故ここへ？」

「父たる天帝に呼ばれたからだ。冥府に罪人あり。おまえは腑抜けだから、先代の責任を以ておまえが切れと。断る理由もない。それに言っただろう？　様子くらい見に来ると」

真君の背筋を冷たい汗が伝う。安定を取り戻したはずの気持ちが、不穏に揺れた。勝てるはずだった算段が、見事に崩れていく。

見透かしたように、処刑人――大帝は札の奥で続ける。

「私だとわかった上で、挑むか？　勝てたことなどないだろう。そこを退け」

「……生憎と、後がないんですよ」

ちらりと振り返ると、膝をついたまま動けないでいる宵華の姿。この場を離れるわけにはいかないのだ。

果敢にも挑むしかない。剣を持つ手にいつも以上に力が入る。緊張で硬くなる腕を見越して、大帝は容赦なく剣を振るってきた。

「……！」

「ここ最近のおまえの評判を聞いて、実は安堵していたのだ。経緯はどうであれ、炎虎と雷公馬を御し、悪吏が蔓延《はびこ》る地獄に手を入れ、疑わしい亡者をその手で裁く。ようやく冥府の王としての自覚を持ち、仕事をする気になったのだろうと」

淡々と話しながらも、大帝の猛攻は止まらない。暇を持て余して碁を打っているなんて、嘘に決まっている。玉京で隠居していてもなお、この神は剣の腕を磨いていたのだ。真君はその剣を受け流すので精一杯だ。

「青頼からの手紙には嫁を娶《めと》ったとも書いてあったな。おまえが職務に忠実であるなら、それもいいだろう。かねてからおまえは、己は無能であると吹聴《ふいちょう》する節があったからな。悪評を広めて私に戻って欲しかったか？」

「俺は王の器じゃない……！」

「私の目が節穴だと言いたいのか？　確かに屍人を隠匿するようでは、難ありと疑わざるを得ないが……」

一瞬、大帝の顔が宵華を向いた。隙を突いて首を落とすつもりか。反射的に、大帝が振り上げた剣を打ち払う。

「何故、庇う？」

「逆に問いたい。何故殺すのか？　宵華自身に罪はない」

「天帝がそう判じたからだ。古来より屍人は罪人だ。私は神であり天帝の子……いつでも父の判断に従うだけ。昔も今も」

「従うだけ……？」

あらゆる箇所に大帝の意思はなかったのだと、ようやく知った。冥府での采配のなにもかもが、天帝の意思が介在していたのではないかと。

「あなたは昔からそうだ。融通が利かない。冥府の王であったなら、亡者一人一人の罪に向き合っていただきたい」

「私にはそれができない。真摯に向き合う情を持ち合わせていないからだ。だからおまえに任せた」

大振りの一閃《いっせん》。真君はなんとか受け止めるが、刀身から受ける衝撃で手が痺《しび》れる。

「私の信用を裏切る気か？」

「……今までの俺なら、あなたを裏切るような真似はしなかっただろう。だが、天帝に言われるままに血の通わない剣を振るって、疑いもせずに屍人を殺せばよしと……そう言って捨てるあなたに、はじめて疑問を持ちました」

先代は情を持たない。いつか青頼が言っていた言葉だ。そんなはずがないと鼻で笑っていたが、目の前に突きつけられてようやく腑に落ちた。粛々と亡者を裁定するのも、罪人の言葉に耳を貸さないのも、向き合う情けがそもそもないからだ。淡々と天帝の指示に従うのみ。いくら論じても通じないのではないか。しかし大帝は自覚している。自身に欠けているものがわかったから、わざわざ不完全で欠落した自分を選んだのだ。

「今の王は俺です。俺は俺の役目として、宵華の無罪を主張する。今、俺のすがるべき正義は、それだけです」

「私が冥府の王であったなら、即座にその娘の首を落とす。それが役目だからだ。そういう私に戻ってきて欲しいのだろう？　そこを退くなら考えてもいいぞ」

「……いいえ。あなたはどうぞこのまま、隠居していただきたい」

はっきりと言い放つ。この神に対して初めて反発をしたのだ。この身を捨ててでも守らなければならないものができた。『冥府の王』として芽生えたばかりの僅かな自覚と、それはつまり宵華の存在である。

一瞬の間を置いて、大帝が笑った気がした。

「……それでこそ、私が見込んだ焔崇だ」

言ってすぐさまに剣をたたき込んでくる。真君は防戦一方で押されるだけだ。

真君と大帝の打ち合いに、宵華は声を失っていた。その間に投げ入れる言葉など見つからなかったからだ。ただ沈黙を保って、触れたら切れるような剣戟《けんげき》を見守るしかなかった。

しかし、少し離れた場所から鄷都真君と処刑人の攻防を見ていた観衆は、その会話も空気も感じ取れないのだ。あの怠惰な真君があれほど剣を使えるなど知らなかった栄麗は、感心すると同時に焦れていた。

「おい、真君！　宵華をちゃんと守るんだよ！　そこの顔も見せない処刑人なんぞたたき切っておしまい！」

叫んでから、周囲で棒立ちになっている亡者に声を上げる。

「おまえたちも声を出せ！　なんならこの茶番を阻止するよ！　屍人姫には散々世話になっただろうが。逆恨みで策を弄した馬鹿な亡者は後で締め上げるとして、今は宵華と真君の支援が先だ！　屍人だからなんだって言うんだ！」

「お、おう。そうだな」

「雷公馬が暴れたとき、俺も助けてもらったんだよな。真君！　しっかりしろ！」

「屍人姫にはこちとら毎日世話になってたんだよ！　必ず助けろよ、真君！」

栄麗のかける発破をきっかけに、鄷都の住民の声が沸き上がる。広場の中には入らせないようにと立ち塞がった官吏も、乗り越えようという勢いだった。屍人姫の処刑など以ての外だと、ほとんどの亡者は叫び出す。特に地獄行きの沙汰が下りている栄麗の周りの亡者は口が悪く行動的だった。警備の官吏に摑みかかっている。

その様子に気付き、大帝は手を止めてしばし呆然としている様子だった。

「随分と慕われたものだな。私の頃にはなかったものだ」

切っ先が僅かに下がったのを、真君は見逃さなかった。大きく踏み込んで、大帝の刀身に打ち付ける。途端にヒビが入り、大帝の剣が砕け折れたのだ。勝負はついた。

肩で息をする真君を眺めて、大帝は札の奥で確かに笑う。

「私の時代は終わったんだよ。人の情けを持って、人を裁くのがいいと思っている。泥臭くても、おまえがやれ」

「……はい」

先代に戻ってきて欲しいなど、もう思わなかった。真君はようやく、冥府の王という立場を受け入れた。面倒なことになったと、苦笑しか浮かばなかったが。

「おまえさま……大丈夫か？」

遠慮がちに宵華が駆け寄ってくる。怪我はないかと心配しているようだが、日頃からさぼっていたツケが回ってきただけだ。

「あんたは自分の心配をしろ」

「おまえさまは、本当に強かったんだな。焔崇みたいだったぞ」

「…………」

嫌なことを聞いたと視線を逸《そ》らすと、その先では天帝が腕を組み、跪く大帝を見下ろしていた。

「おまえが負けるか……まったく不甲斐ない」

「弁明もありません」

「まぁいい。師弟の勝負が面白かったからな」

くつくつと笑う天帝に、真君は硬い面持ちで小さく拱手する。

「再考をお願いいたします」

「いいだろう。二言はない。獬豸よここへ」

天帝が手を伸ばすと、再び宙が歪む。風が渦巻いてから現れたのは、大きな獣だった。喩えるならば、槍《やり》のような一角を持つ大きな羊。しかし四肢の筋肉ははち切れんばかりで、突進されれば避けるにも難儀するだろう。

「正義と公正を象徴する神獣だ。その性が悪ならば、角で心臓を突かれる。屍人だとしても、それは避けられない」

「……貫かれなければいいのですね」

「そうだ、と言っておこう。獬豸が悪と判じないならば、僕もそれに従う」

二言はないと、天帝は繰り返した。

真君は剣を持つ手に力を入れた。それならば、やられるまえにやればいい。相手が神獣だろうとももはや知ったことか。しかしその手を、宵華が止める。

「神獣に剣を向ける気か？」

「最悪、そうする」

「裁定されるのはわたしだ。おまえさまは下がっていろ」

言って宵華は真君の前に立つ。全てを受け入れる、そういう姿勢だった。その態《てい》に真君は首を振る。

「……あんたはもっと、欲を持たなきゃ駄目だ」

「欲？」

「あんたは一体、この先どうしたい？」

「先……」

呟いて目前の神獣を眺める。その角の切っ先は真っ直ぐに、宵華を指していた。そのまま獬豸は、そろりと一歩を踏み出す。

＊　＊　＊

一歩、また一歩と獬豸が近づいてくる。その様を見て、宵華は顔を強張らせた。

鄷都で正体を暴かれたときも、牢に投げ込まれたときも、どこか遠くから自分を眺めている気がしていた。広場に引っ立てられたときも、処刑人を前にしたときも。

幾度となく、「終わり」を覚悟した。そもそも故国で死んだ時分から、「終わって」いたはずだった。その先など、考えてもいなかったから。

「先……」

真君は「この先」を考えろと叫ぶ。欲を持て、と。とうの昔に捨て去ったはずのものだ。欲や希望を持っても決して叶わない。欲など、あるだけ枷になる。

かつかつと、蹄を鳴らして獬豸が歩いてくる。その角はただ宵華に向けられていた。この身体を……心臓を貫こうというのか。全てを終わりにしようと。

しかし傍らの真君が動いた。不敬にも獬豸に剣を向けたのだ。その様子を獣がちらりと見やる。瞬間、鋭い疾風が真君の全身を切り裂いたのだ。邪魔だと、そう言いたげに真君の身体が吹き飛ばされる。

「おまえさま！」

「臆するな！　相手は獣だ。炎虎や雷公馬と対したときを思い出せ！」

「獣……」

神獣とも呼ばれるのだ。意思があり、それが通じる。

立ち尽くす宵華の胸に、ついに獬豸の角が届く。ぴたりと切っ先を当てられて、宵華は立ちすくんだ。ついに貫かれるのか。屍人はやはり悪だと、獬豸が告げているのだろうか。このまま、死ぬのだろうか。

「もう……冥府にはいられないのか」

生まれたときから、居場所などなかった。ずっと国と民と家族の荷物で、早くこの命が尽きることを願っていた。しかし冥府に嫁ぐという事態になって、どこか拍子抜けしたものだ。死の先があることに、驚きもしたが。

夫だと告げられた男は、見事に怠惰で死んだ目をしていた。この男の性根を叩き直すことが役目だと聞いて、少し嬉しかったのだ。こんな自分にも、しかも死んだ後にできることがあると。

四十九日の短い間だったが、楽しかった。真君の尻を叩いて嫌がる仕事をさせて、青頼がお茶を出して笑ってくれる。どれだけ救われたか。

「……嬉しかったんだ。自分の居場所が出来た気がして」

震える手で獬豸の角を持つ。硬くて冷たくて、今にも皮膚が切れそうだ。ぐっと角を押しやってくる。

「楽しかったんだ……酆都を歩くのが」

すぐに駆け寄り、真君が剣を構える。神獣を一突きにしようとする動きだ。

「この獣に言ってやれ。自分の意思を訴えろ。諦めるな！」

「わたしは……」

押してくる角をぐっと摑んで押し返す。そう、真君と約束したのだ。心の底に押しやった本心と向き合い、はじめから諦めていた全ての気持ちを残らず掬ってやると。

「わたしは……死にたくなかった！　本当は死など望んでなかった！　生け贄などなりたくなかった……！」

角を掴んでいた手が、ぬるりと血で濡れた。角の刃先で切れたのだ。じわりと痛みを感じながらも、押し戻す力は緩めなかった。

「できれば家族と笑って過ごしたかった……健康な身体で、皇女としての人生を生きたかった！　しかしそれは叶わない……恨むべきは己の虚弱さだ！」

生まれてきたからには、誰がただ死にたいなどと望むだろうか。

「冥府はわたしに優しかったんだ。もっとここに居たい。もっと……生きていたい！　私の身体はすでに屍人だが……それだけで罪人だと、そんなはずがないだろう！　納得などするはずもない！　なにに誓っても悪を為した覚えはないのだ！」

ぴたりと獬豸の動きが止まる。いや、宵華の屍人の力で押さえ込んでいるのだ。獬豸が踏み出す足が、空回りをしている。それを見て真君は笑った。

「よし、よく言った。あんまり聞き分けがいいのも気持ちが悪いってもんだよ。そのまま押さえてろ」

「……相手は神獣だ」

「角を折るだけだ」

言って息を吸い込み、真君が剣を振り上げる。だが獬豸も抵抗を示した。宵華の拘束から力任せに逃れると、真君の剣を角で払い上げたのだ。金剛石よりも硬いと言われる角は刀身を弾き飛ばし、剣は弧を描いて地面に突き刺さる。

すぐさまそれを拾い、構えたのは宵華だった。

「穹の行く末を知らずして死ねるか。それにまだ、この男には聞かねばならんことがあるのだ。焔崇のこととか……焔崇のこととか！」

「……その追及はもう止めようか」

仙術で再び剣を出し、即座にそれを摑まえて真君も構えを取る。

すると獬豸はふんふんと匂いを嗅ぐような仕草を見せてから、途端に興味を失ったのか、踵を返して天帝の足下へ歩いて行ってしまった。蹲《うずくま》る獬豸を見て、天帝は小さく唸る。

「ふうん。そういう場合もあるのか。なら、過去の屍人はことごとく悪人だっただけなのかな」

剣を構え神獣と対峙しようという二人を見て、天帝は椅子にもたれかかる。

「二言はないと言っただろう。獬豸は罪無しと判断したんだ。此度の件は特例として宵華の存在を許す。身体は死んでいても魂は生きているのだ。その身体が朽ちるまで屍人として生きよ。名の通り、冥府の花嫁、屍人の姫としてな」

これで終わりだと、椅子から立ち上がり、大帝を伴って立ち去っていく。その後ろ姿をしばらく眺めて、ようやく真君と宵華は剣を下ろした。そしてはたと、真君が気付く。

「……待てよ。これはつまり、天帝公認で宵華は俺の嫁になるのか？」

「引くに引けなくなったな。どうする、おまえさま？」

「……どうもこうもないだろう。これからも俺の尻を蹴飛ばしてたらいい」

「そうする」と宵華は笑う。ようやく、心の底から笑えた気がした。

数ヶ月前までの悪評の反動もあったが思いの外有能で剣客だった真君と、屍人ながらも天帝にその存在を認めさせた宵華の噂は、瞬く間に酆都を駆け巡った。天帝と神獣の意思を覆したのだと、その実力を認めざるを得ない。

宵華に対して無粋な策を弄した悪党は、しっかりと栄麗の手で制裁を受けたのだと、後に宵華は聞くことになる。

＊　＊　＊

「なかなか楽しかったな」

真君の宮城の一部屋。青頼の私室で、天帝は長椅子に横たわる。当然のようにそれを見下ろしながら、東嶽大帝は慣れた手つきで茶器を持ち出すのだ。

「それはようございましたね」

「いつまでその格好でいるつもりだ？」

言われて東嶽大帝は、顔の前の札を剝がす。途端に大柄な大帝の姿がかき消え、涼しげな顔をした秘書官に変化した。

「やはり今は、こちらの方がしっくりきますね」

青銅色の髪を摘まむ東嶽大帝――いや青頼を見て、天帝は腕を組んだ。

「いくら心配だからってな……東嶽大帝ともあろう者が、青頼に化けて秘書官をやるなんて。おまえも大概どうかしてる」

「ですが父上、後任に指名した責任がありますから。傍で見ていたかったんですよ」

「おまえにそんな情けがあったか？」

「どうでしょうね」

青頼は笑って、茶壺に茶葉を入れる。

「真君の即位と同時に本物の青頼と入れ替わりましたが……模倣していくうちに、それらしい感情を獲得した気がしますよ。誰かの世話を焼くとかお節介とか……後はそうですね、茶化すとか？　私なりに愛着というものも湧いてきまして、とても楽しく過ごしております」

「おまえは元々感情が欠けているところがあったが、神ならそれでいいだろうに」

「冥府にいると人間に深く接することになります。どうしたって、自分にないものを見つけてしまいますし、ないものは欲しくなるんですよ」

「情が欲しくなったか？　実に人間臭い感情だな」

そうですね、と青頼は茶壺に湯を注ぐ。

「強い執着、と言うのでしょうか。一つの事象に固執して殉じる、そういう感情に憧れておりましてね。焔崇や宵華様の正義感などが良い例ですが、なにかを信じて揺るぎない心を持つという行為が、とても眩《まぶ》しく見えるのです」

炎虎が好敵手を求めるのも、雷公馬が主人を欲するのも執着だ。この場合、種族はもはや関係ない。たった一つでも信じるものができると、生き物は燦然《さんぜん》と輝くのだ。自分には決して持ち得ない感情を間近で見ると、手を伸ばして傍に置いておきたくなる。ずっと眺めていたくなる。

「それを執着と呼ぶのではないか？」

「私が欲しいものとは違いますね。それを手に入れる為には死んでもいい、とまでは思いませんから」

自分の求める感情とはほど遠いものだと、理解しているのだ。

出された茶杯を受け取り、天帝はしみじみと眺める。金継ぎされた杯だ。次いで、室をぐるりと見回した。室の一角には大きな棚があり、ぎっしりと茶器が納められている。そのほとんどが金継ぎされた器である。

　天帝は長椅子から立ち上がり、それらを見つめて息を吐いた。

「はぁ……壮観だな」

「素敵でしょう？　随分増えたんですよ」

「……自分でわざと割るんだろう？」

「そういうこともいたしますね。しかし、なかなか綺麗に割れてくれないのが悩みなんです。どうしてか、自分の手で割るよりも、別の要因で割れる方が美しいんですよね」

　よく言うと、深々とため息をつく青頼を鼻で笑う。

「真君もわざと割ったか？」

「烏克の件ですか？　人聞きの悪いことを言わないでください。その件に関しては、私は特に采配してませんよ。割れるだろうなと思って、静観していた部分はありますが」

「ほら見ろ。そういうところだ」

「真君は——焔崇は放っておいてもいつか壊れたんですよ。あれだけがちがちの正義感で固まっていたんです、ヒビも入りやすい。私はちょっと手元に置いて、彼がどうなるのか見たかったんです。予想に反して随分と面白い割れ方をしたので、見守りたかっただけですよ」

「悪趣味だな」

「そうですか？」

あっけらかんと言い放って、青頼は棚から一つ茶杯を取る。

「焔崇のヒビは綺麗でしたよ。私はその先、どうなるのか知りたかった。壊れたままなのか、踏まれてさらに壊れるのか。それとも誰かが拾って、割れ目を修復してくれるのか。ゴミになる……そういう運命もありますかね」

手のひらに置いた器は、宵華が落として割ったものである。これは上出来だ。

「壊れた真君はなかなか動こうとしませんでした。それどころか私に冥府を返上しようと職務放棄する始末。それはそれで興味深くはありましたが、私が望んでいたのは、苦悩して立ち止まり、けれど泥臭くも這《は》い蹲《つくば》って前へ進む人間の姿なのに。宵華様のお陰で、なんとか形になりましたが……いい加減どうにか事態が動かないかと思って、父上にご相談した次第です」

「お陰で僕は汚れ役だ。おまえが呼ぶから、わざわざ来てやったのに」

「ご足労、痛み入ります」

深々と拱手する青頼を軽く睨んで、長椅子に座り直す。

「父上のお陰で屍人の悪評は返上となりました。冥府においては、屍人が罪人であるという根底が覆りましたから、宵華様も過ごしやすいでしょう」

「随分と肩入れしたものだな。人間っぽい言葉で言えば、過保護というやつだ」

「金継ぎする場合、その材料も大事なのですよ。破片をくっつける漆も、それにまぶす金粉も、上等の物じゃないといけません。それだけです」

「炎虎や雷公馬も材料か？」

「そうですね」

「獬豸が悪と判じたらどうするつもりだったんだ」

「それはそれです」

「この駒は終わり」、そういう意味だろうか。青頼にしてみれば、目に映る全ての物が「材料」なのかもしれない。情がないと言われる所以《ゆえん》だ。呆れた目つきをする天帝に、青頼は心外だとばかりに苦笑する。

「興味本位や私心で、冥府の王を任せたわけではないですよ。その方がいいと思ったのは本心です。私や父上のような権威の強すぎる神族が、あまり人間に介入するべきではないのですよ。神はあくまで傍観者でいい、そう思っています」

「それは一理ある。僕たちの力は人間には過ぎたものだ。極力手を出すべきじゃない」

「そうでしょう？　なので引き続き、冥府は真君に任せます」

にこりと微笑む青頼は、持っていた杯を大事そうに棚に仕舞う。

「少し酆都をぶらぶらして、玉京に帰るかな。おまえはどうする？　僕と一緒に帰るつもりはないのか？」

「いえ、もう少し冥府に留《とど》まりますよ。せっかく楽しくなってきたんですから。玉京でお暇でしたら、そうですね……本物の青頼も暇を持て余して惚《ぼ》けそうだと言っていたので、碁の相手でもしてあげてください」

「そうする。おまえもほどほどにしておけよ」

天帝はため息をついて、心底楽しそうに笑う青頼に釘《くぎ》を刺すことも忘れなかった。

終　章

芳陽《ほうよう》姉上、翠月《すいげつ》へ

お元気でお過ごしだろうか。嫁いだはいいが、冥府は毎日がとても騒がしい。というのも、夫である酆都真君《ほうとしんくん》が曲者《くせもの》で、隙があれば仕事をさぼり室《へや》から逃走を図るのだ。日当たりのいい木の上で昼寝をしたり、夜は酆都で飲み歩いたり……それを連れ戻すのが、もっぱらのわたしの仕事になっている。嫁というのは忙《せわ》しないものだな。こちらも体力を付けねばならないと、日々鍛錬に励んでいる。剣を振ったり馬に乗ったり……姉上は顔を顰めるだろうが、そういうことがとても楽しいのだ、目をつぶってくれ。しかし最近は夫も少し控えて、几《つくえ》に向かうことも増えた。

傍にはいつも、青頼《せいらい》という秘書官がいるのだが、彼が淹れてくれるお茶がとても美味いのだ。少し不思議な人物で……真面目に仕事をする真君を見れば、今夜はお祝いだとたくさんの料理を持ってくる。ちょっと過保護なんだな。穹でわたしに付いていた女官よりも器用で、髪結いが上手いのだ。わたしも見習わなければならない。姉上や翠月にも、彼の淹れたお茶を飲んでもらいたいものだ。

冥府には、あの焔崇《えんすう》も居たらしい。まだ会うことは叶っていないが、かつての穹を救ってくれたこと、そしてわたしの生きる目標になってくれたこと、礼を言いたいものだ。

……少し前に、天帝がやってきてちょっとした騒動があった。わたしを救わんと夫が剣をとったのだが、どうにも焔崇と重ねてしまって……もしや夫は焔崇だったとか？　いやこれは惚気《のろけ》かな。どうか聞き流して欲しい。

穹の様子はいかがだろうか？　天帝がいらっしゃったときに、夫が流行病を祓《はら》って欲しいと直談判したのだ。なかなかにかっこよかったぞ。前向きに考えておくとのお返事だったので、今頃は病で冥府へやってくる民も減っているのではないかと、筆を執った次第で――。


かたんと音がしたので、宵華《しょうか》は慌てて筆を置き、執務室の窓から身を乗り出した。ちょうど逃走していた真君が帰ってきたのか、窓から侵入しようとしたところへ鉢合わせしたのだ。びくっと身体を震わせた真君は、決まりが悪そうに手をひらひらと振った。

「……な、なにやってんの？」

「身内に手紙を書いていた。約束したからな。今日はお早いお帰りだ、夫殿」

「あんまり仕事を溜めると、後が怖いからな……」

もう炎虎や雷公馬、果ては天帝まで現れる事態は避けたいらしい。感心なことだ。

真君はいそいそと椅子に座るが、宵華の書いていた手紙もそっと覗いてみる。

「冥府から地上へは手紙は出せないからなぁ、悪いけど」

「日記のようなものだ。そのうち冥府で会うこともあろう。それでな、獬豸のことも書こうと思うのだがな……」

「な、なに？」

間を置いて、宵華はごそごそと冊子を取り出す。

「知っているか？　焔祟は獬豸をも手懐けたらしいぞ。『焔祟伝記』にも書いてある」

「そんなわけあるか」

「大いなるモコモコの獣に手を伸ばし、疾《と》く御したり――。これは獬豸のことを指しているのだ」

「毛刈りする羊を押さえ込んだだけだ、それは」

「………」

「だと思うよ？」

何故か真君は、脂汗を浮かべて愛想笑いをする。

「……おまえさま、人間だった頃の名はなんという？」

「捨てたの、それは。言わないって言ってるだろうが」

「言わないというのは、わたしに対して後ろめたいことがあるという意味だろう」

「違いますーそういう決まりなんですー。さ、お仕事しなきゃね」

わざとらしく椅子にもたれたとき、両手で書類を抱えた青頼が室へ入ってきた。

「おや、お帰りでしたね。ちょうど良かったです、書類はまだまだありますからね」

「……多いよね？　絶対、増えてるよね？」

「通常業務です。あんまり評判を落とすと、また天帝がいらっしゃいますよ？　やいのやいのと難癖をつけて絡まれますよ？」

「……それは嫌だ」

二度と来るなと言わんばかりに顔を顰めるので、青頼は小さく笑って茶器の準備を始める。

「お茶を淹れましょうね。宵華様も、どうぞお座りください」

「うむ」

芳陽姉上、翠月へ――

冥府は毎日がとても騒がしくて……でも、とても楽しくやっているぞ。

―――本書のプロフィール―――

本書は書き下ろしです。

小学館文庫

冥府《めいふ》の王《おう》と屍人姫《しびとひめ》

著者　片瀬由良《かたせゆら》

二〇二二年七月十一日　　初版第一刷発行

発行人　石川和男
発行所　株式会社 小学館
〒一〇一-八〇〇一
東京都千代田区一ツ橋二-三-一
電話　編集〇三-三二三〇-五六一六
　　　販売〇三-五二八一-三五五五
印刷所――――図書印刷株式会社

ISBN978-4-09-407167-2